梨泰院

樹洞旅社

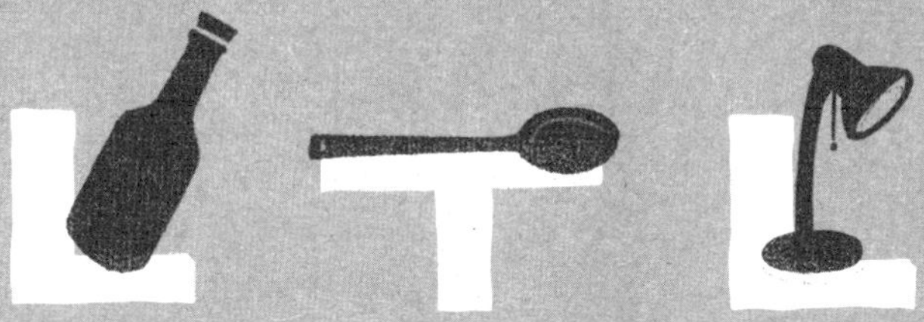

曾元雍Summer —————— 著

서울민박의 피 땀 눈물

本書獻給

在 Threads 聽我說故事、陪我聊天的大家

還有來不及看到她水嘎又才情的孫女

終於出書的，王芙蓉 女士

讓麒麟順利出國陪我寫書的豆皮獸師與 Hannam Vet

To everyone I met in Seoul.

Special thanks to 하성 , your love and 어머님‘s 김밥 inspire me.

Seoul wouldn‘t be the same without you.

Cheers to the next 8 years:)

愛你們跟麒麟的可愛一樣，永永遠遠

序

一切是這樣開始的

「我們去解放村，我請你吃飯！」

二〇二四年七月的某個下午，我約了第一個合夥人，也是我第一個室友見面。

「好啊！但只有我們兩個嗎？妳沒事吧？」

認識了七年，那個喜歡香氛、喜歡室內軟裝、喜歡買花送我，卻一輩子都無法開花結果的人，依然習慣試探性地細心慰問。

「等下會下雨，記得帶傘喔！」出門前，又收到他的訊息，但真的帶傘出門的話，就不是我了！而他依舊像是住在我腦下垂體的生物，見面時手上的兩把傘，是貼心，也是認識七年的默契。

「有出版社來找我出書，但我還沒簽約！」開門見山，卻因為不確定自己到底有沒有辦法寫完，只好簡單帶過。

「你還記得為什麼我們會一起經營房源嗎？」

「愛喝酒吧！」他尷尬地笑著。

因為喜歡整個家的感覺，搬離原生家庭後的他沒有找套房住，而是租下了一個三房兩廳的房源。一開始工作順利，租金也過得去，但總覺得手頭不夠寬裕，於是，他決定找室友一起分擔房租。我就這樣搬進了他的房源裡，開始一起分享生活。

住了一陣子後，發現兩個人的生活取向幾乎完全相同，我們都喜歡好好吃飯、也喜歡小酌（好吧！偶爾可能很失控）。因為韓國獨食很困難，相對一人生活時可以節省餐費，兩人一起的開銷，自然比獨居時多出許多。

考慮了一下，我們決定整理剩下的一間小房間，刊登房源、出租給旅客，在可以被打擾的時候開放，不想被打擾的時候關閉，就這樣開了七年。

認真想想，有什麼決定性的瞬間嗎？

「喝了三支紅酒後，一起開始打掃房間的那個瞬間。」

後來，房源一的生意不僅幫我們付了酒錢，也全額付了房租，「然後多美就搬去泰國創業，我們就頂下她的房間。」啊！這就是房源二的由來。

一起喝酒的朋友是家具設計師，存了一點錢之後決定搬到泰國生活，但韓國的租約還沒到，是她唯一的絆腳石。在酒精的催化下，義氣灌頂的我們，約她明天就去房東那邊換約，也把全租房的押金一億韓圜還給她。

隔天起床，我跟室友都後悔了！原本要傳訊息給她，殊不知她已經在附近咖啡廳等我們。

「我興奮到整晚沒睡。」聽到這句話，我們又義氣灌頂了，就這樣正式成為她人生的墊腳石。後來去泰國找她玩時，索性連錢包都不帶了。

房源二營運得很順利，我們也開始考慮做房源三的可能性。後來，在酒局上，剛好認識了一個在大企業上班，每天行屍走肉，但帳戶十分有生機的人，也想要加入我們。

原本以為我們會這樣一起走下去，「後來我覺得太麻煩了，這也不是我想做的！」室友就在這裡跟我們分道揚鑣。

那是我們第一次鬧彆扭，或說我單方面的小心眼。我以為是因為他不想跟我以外的人一起，後來才知道比起一直談錢，他更喜歡有溫度的合作。

我們還是一起經營房源二，他則在我搬走後下架了房源一，一個人安靜又舒服地生活著！

隨著房源三、四、五營業，因故關閉又因希望開啟，每個月的會食訂位，也從三個人變成六個人。一起接待的每一位房客，留下了很多溫暖、些許奇葩、偶爾詭異、時而無奈的故事。

七年來，每一次被問到「為什麼要在首爾經營房源？」這個問題時，都很難回答，「喝酒誤事。」室友還是很堅持把這份勇敢，獻給酒精的力量。

七月的首爾沒有讓人失望。晚餐結束後，看著那傳說中的滂沱大雨，我接過了他的傘與邀請：「要走回我們家再喝一杯嗎？」

「還是『我們』家嗎？」

他沒有回答。經過梨泰院的經理團路上，我們以前常常梭哈房租的酒吧時，他突然說：「我在這裡決定不做房源三的，妳記得吧！但我確定妳會做得很好，我媽也說妳是她看過最有活力的人了。要不要先在這裡喝一杯？」

當晚，我梭哈了自己的酒量，也回傳了簽好的出書合約。

／目次／

輯二／荒謬是日常

輯三／眾生見證者

輯六／樹洞晚安

I ♡ YOU

輯一。

民宿，你好

合夥人的媽媽

每次回顧這些年的經歷，都會覺得自己很幸運，第一次開民宿，就遇到善良的人。

合夥人原本是我的室友，共同房源大成功後，我們一起合開了第一間民宿。準備開第二間時，他因為還有正職，分身乏術，我就考慮單飛經營，他也大力贊成。因為我沒有韓國人的身份，租屋有難度，他還毫不猶豫地拿出身份證借我抵押、陪我看房子，甚至免費幫我做軟裝。常跟他開玩笑，我才二十七歲就決定成為獨身主義者，他應該要負全責：「我可能找不到比你對我更好的人了！」

認識他媽媽後，才發現他身上的善良與溫暖，原來是媽媽給的人生禮物。第一次跟他們家人吃飯時，他媽媽問我：「獨自在首爾生活，家人不會很想妳嗎？」我花了點時間跟她解釋我的家庭構成，包括小學時父母離異，從此之後我與生母就再也沒見過面，是姑姑一手帶大的。

這件事不是什麼秘密，身邊沒有人不知道，我小時候還會因為當時離婚的人少，覺得自己滿酷的，走得很前面。有這種非凡的童年故事可以說，作為E人是真的很開心！但這一席話，卻撼動了保守的她的道德宇宙。

可能聽到我沒有媽媽後，就心疼到耳鳴，導致姑姑很疼我、養我三十年那段，直接被靜音了？從這天開始，我在合夥人的媽媽心中，變成一個連吃飯都很困難的小可憐；但看過我本人或我的社群的人，就知道這誤會有多大。我每天睡醒，都會用當天想吃的東西安排一日動線，出國旅行也是根據餐廳的營業時間安排行程，甚至要去汝矣島開會時，也會因為怕塞車而先準備食物，忽略司機責備的眼光，直接在車上用膳。吃好、吃飽，可以算是我每天激勵自己向上的格言。

後來，合夥人媽媽每次從麻浦區到龍山區看兒子時，都會準備一堆小菜、湯品，其中也有我的份。儘管我們之後就沒有住在一起了，她還是會先去兒子那邊放好食物，再走二十分鐘、爬三層樓到我家，默默放在門口——不打擾是她的貼心。雖然合夥人不喜歡飯捲，但因為知道我喜歡，她還是會特地做給我，我要回台灣時，也會包飯捲、整理小菜，讓我帶回台灣。不管飛機多早，只要打開門，一定會看到一盒飯捲跟兩顆雞蛋放在那邊。

每次合夥人去歐洲出差的時候，我都會約她吃飯。我常感到神奇，她從來沒有問過我們是什麼關係，即使我們一起住、一起生活了兩年多，即使附近的雜貨店阿姨一直向她散播：「好事近了！恭喜了！」這種幽默的不實傳聞，她也都無動於衷。

某天下午，我與合夥人一起在家商討對策。他希望我給他勇氣，我跟他說：「沒關係，如果阿姨難過到要昏倒，我會從房間裡面走出來，跟她說這是驚喜，其實我們要結婚了，然後我們就去假結婚吧！」他笑了。

晚餐前，他媽媽來了，打完招呼後，我就待在房間裡。合夥人謹慎地開口說出，他從國中開始，就發現自己跟其他男生不一樣，不喜歡女生。男生玩在一起時會說的那些女性話題，也讓他覺得不舒服。他曾經多次嘗試跟女生交往，想當一個社會認為的「正常人」，但真的辦不到。他知道身為長子，這樣很不負責任，爸媽也會很難過，不奢望能原諒他，只要試圖理解他就好。

合夥人媽媽的腳步聲響起。我以為她要離開，結果只是站起來倒了一杯水。

「你是我生的，我早就知道了！從小時候，我就明白你跟弟弟不一樣。你是我兒子，所以不管你喜歡男生還是女生都沒關係。但也不要解釋為我支持你，因為我沒有，只是不想看到你難過。我可以理解你的選擇，但我無法說出支持你，因為我不想對你說謊。但不管怎麼樣，你都是我兒子，我永遠都會愛你。」

每一年，他們一家都會出國旅行，最近，他媽媽也主動邀請合夥人的男友加入。雖然還是以「朋友」一詞相稱，但已經默認，是那種會一起生活、一起出遊、一起過年的朋友。

打掃阿姨

「阿姨真的太強了！」「有幫阿姨加薪嗎？」

「阿姨離職那天，我們就結束營業。」

這是我跟脆友[1]之間最常出現的對話。出生於一九五四年的阿姨，不只是打掃阿姨，也是民宿的光、民宿的女神、民宿的頂天樑柱，是民宿得以繼續經營的關鍵人物。

一九五三年韓戰結束，還在母親肚子裡的她，跟著父母從朝鮮一起逃難到「漢城」，也就是現在的首爾；兩個哥哥、一個姊姊，與當時五十多歲的祖父母，則留在家鄉。

兒時陪伴她的，是父母口中在朝鮮生活的優渥故事，還有其他一樣從朝鮮來，在等待機會回去的家庭。一開始生活很辛苦，但大家回家團圓的夢想一致，相互陪伴，就很容易度過孤獨與迷惘。

時間久了，漸漸地，大家因為現實生活的辛苦及壓力，逐漸開始放棄回朝鮮的希望，而她的父母卻依舊很積極地在尋求各種機會，也時刻讓她知道，這裡不是家，家在朝鮮，她還有哥哥跟姊姊在等她。

---

1 指在社群軟體 Threads 上認識、交流的朋友。

她八歲時，爸爸因為工作受傷，家中經濟陷入困頓，媽媽為了可以一邊照顧妹妹，接了在家縫補衣服的工作。那天一早，媽媽添了兩碗飯，把三道小菜放在桌上，煎了一顆蛋後，就外出送還客人衣服。

習慣吃掉雞蛋的爸爸，那天卻把雞蛋拌進拌飯裡，一口一口地餵著妹妹。阿姨說，那天太難忘了，她因為覺得爸爸偏心，從早上開始就一直很生氣。

吃完飯後，爸爸抱著妹妹到門外，她則收拾好桌子，開始洗碗。過沒多久，門外來了一輛車——原來，爸爸賣掉了不滿三歲的妹妹！

在阿姨的記憶裡，那是教會的人。他們拿了些錢給爸爸，就把妹妹帶上車，離開了。雖然無法完全確定是不是賣給外國人，但能確定的是，從此，妹妹就消失在她的人生裡。

她當下腦筋一片空白。雖然聽說過買賣小孩的事，鄰居也都會開玩笑地對她說：「半夜不睡覺，會被賣掉唷！」「妳不聽話，會被抓走唷！」但，沒想到卻真的發生在現實中。她沒有像電影演的那樣追車，只是握緊了爸爸的手，心想，只要不是我就好了吧。

「電影裡都是騙人的。各種不便，都是因為家裡多了一個人，哪有什麼捨不得，當下只希望她離開後，我跟爸爸媽媽又可以跟以前一樣，快樂地活著！」

但，她沒想到，送走妹妹後，家裡才迎來了滔天巨浪。

不確定是因為生活太辛苦、思鄉情緒，還是妹妹被帶走後過度悲傷，阿姨的媽媽開始了一連串怪異的行為，公眾場所隨地便溺、裸體出門、半夜在街上唱歌、到鄰居家嬉鬧……等等。這讓原本感情緊密的社區居民做出了冷酷的決定，希望他們一家可以搬離。

還來不及找到房子，某天下午回家她就發現，媽媽在兩坪大的房子裡上吊自殺了。

「我們家很小，門打開就是我們睡的地鋪，她就吊在那個上面。」

爸爸受到的衝擊遠比她大得多，從此一蹶不振。小學畢業之後，阿姨開始在餐廳、洗衣店等地打工養家，也有做過情色小吃部的陪酒女。很幸運地，年紀大了點後，政府的就業制度漸漸完善，她透過就業輔導找到正常的工作，當過養樂多阿姨、也在車站打掃過，退休後才到我們這裡上班。

我問她，對北韓還有掛念嗎？阿姨說：「那是我家鄉，只是回不去而已。」

南北韓開放探親時，她透過很多種方法想證明自己是朝鮮人，可惜最後依舊沒能獲得與直系血親見面的機會。官方安排來的，是自稱她堂妹的人，她介紹了家族環境的不凡與優渥，果真跟父母從前說的一樣，但兩個人的童年故事，簡直是兩條平行線。

「這是妳哥哥結婚的時候，旁邊是妳姊姊。」堂妹拿出家族照片，一一介紹著那些她應該要看過的臉，她卻找不到父母親。那個場合裡，她沒有勇氣說出自己是南朝鮮出生的人，這就像背叛了自己的家族一樣。最後，阿姨只是淡淡地說，她離開的時候還是嬰兒，什麼都不記得了。

一個小時的會面，並沒有像新聞畫面那樣肝腸寸斷，兩個人只是面對面，尷尬地坐著。參訪團結束後，她又回到自己口中的南朝鮮，回到她抗拒，卻必須熟悉的一切。

我們的民宿發生過很多可怕的事，過度髒亂已經是最微不足道的，舉凡經血搭配衛生棉留下的血書、塗滿奶油的地板、昏倒在血泊裡的女子、不使用馬桶便溺的人，還有塑膠袋裡的脫毛死貓……等等，無奇不有。但，每次阿姨總是很淡定地說：「這有什麼嗎？」

聽完她濃縮成短影片，但應該要拍成一百集連續劇的人生故事後，也能慢慢理解她口中的「這有什麼嗎？」以及遠超過普世大眾的坦然，是從何而來。

接觸過的脫北者裡，她是唯一在沒有選擇的狀況下，就來到南韓的。以前常從她的言語中聽到對北朝鮮的嚮往，除了不可思議外，偶爾也會拿新聞畫面跟她爭論一番。但那天深談後，好像懂了，也許令她悸動的，不是未知的國度，而是兒時父母口中的優渥生活，還有一家三口在一起時的快樂與無慮。

第一個客人

他是我們的第一個客人，一個只有週末會來住宿的男生。

一開始，我們都以為他是那種極度迷戀梨泰院夜生活，每個週末都拋家棄子來玩樂的人。不過，打掃阿姨發現，他住過的房間不僅沒有菸酒味、打理得整潔無暇，連棉被與枕頭，也都折疊得異常完美。

由於他總是早出早歸，也不在公共空間停留，要遇到他本人真的不容易。被好奇心逼瘋的那天，我在客廳徘徊了整整三小時，就在快要放棄的瞬間，終於奇蹟般地聽見大門的密碼鎖「滴滴滴」地響起——他回家了！不出我所料，他提著一袋食物，點頭打過招呼後，就準備走進房間。

抓緊機會，雖然沒頭沒尾，還是馬上開口問：「禮拜五晚上，你不去夜店嗎？」

可能被我先發制人的氣勢嚇到，他邊猶豫要不要轉身，邊為我解答：「我……不能去，我是軍人。」

原來，住在房源裡的週末是他的休假日。因為家鄉在離首爾有點遠的全羅南道木浦市，單趟車程都要四到五小時，便乾脆利用這些時間，在小時候沒機會造訪的首爾晃晃。

「那你家人會來看你嗎？」

「我父母都走了，哥哥結婚後偶爾會打電話。」

「喔——」

「……」

與其說是對話，還比較像質詢。他很木訥，空氣中也一直飄著尷尬。

不知道怎麼把天繼續聊下去時，都會很感謝韓國有「年齡整理」的文化，可以藉由詢問彼此的年齡活躍氣氛、開啟更多話題。身為比他大七歲的姊姊，我義不容辭拿出冰箱裡的啤酒，而他接過酒瓶、幫我跟合夥人倒酒的那刻，也一起倒出了自己的真心……

他說家裡經濟狀況不好，爸爸是漁工，後來因為職災過世。媽媽獨自扶養他跟哥哥，卻在他八歲時，也因為身體因素而離開。自此，他就跟著大他十歲，在漁港打雜、收拾漁貨的哥哥一起生活。他國中一年級的時候，哥哥開始跑船賺更多的錢，兄弟倆一年只能見上一次面，而他則開始非法打零工，舉凡餐廳洗碗、刷烤盤、攬客等工作，他都做過。

因為國中的柔道校隊有免費供餐，他就這樣當了六年的體育生，「那你想繼續練柔道嗎？」他想了一下，「我沒有夢想過要當什麼，有東西吃、有人送我鞋子衣服，或是哥哥跑船回來，我就會很開心。我想要的事，只有這樣，也只能是這樣。」

生活很苦，他也曾想過跳海自殺。「我是真的想過，反正我沒有家人，跳下去之後哥哥也要一年才會發現，連喪禮都可以省下。當時真的窮到連死都怕花錢，怕連累哥哥。」

哥哥結婚後，一房一廳的房子很難容下第三個人。雖然與嫂嫂住在一起，生活有諸多不便，但他打工的錢也沒辦法負擔租房，最後只好選擇走上有吃、有住還有錢領的職軍之路。可能因為隨遇而安的個性，也可能因為過慣了苦日子，他沒有覺得當兵特別累，反而喜歡這樣穩定也有保障的生活。

休假的時候，就在軍營附近找個地方住，反正也無家可歸，不如就逛逛這個城市，這個曾經夢寐以求，卻因為經濟因素而無法造訪的首爾。原來畢業旅行是來這樣的地方、原來大家炫耀的南山塔長這樣……「我現在可是每天都看著南山塔睡覺。」他露出有點靦腆的笑容，這應該是達成夢想的表情吧！

「等生活穩定一點，我想要娶老婆！」我們聊到南山塔的情人鎖時，這個二十二歲的大男生在啤酒面前告白，向我們分享了他的夢想。

他收假的那天早上，打掃阿姨傳來照片，是一萬韓圜跟一張紙條：「姊，謝謝妳！這是酒錢，下次再請妳吃飯。」

之後他每次入住，我們都會約他跟朋友一起吃飯，希望即使我們不在，其他朋友也可以好好照顧他，就算只是一餐飯的時間，也不想讓他覺得自己被冷落。

合夥人的媽媽是傳說中的飯捲達人[2]，每次只要做飯捲都是十條起跳，動作快狠準又超級美味！偶爾遇到軍營的家屬探訪日，她都會帶一些小菜、辣魚湯和十條飯捲給他，讓他分給同梯的人吃，請他們當他的好朋友。他說，這是從軍以來，第一次有人探望。

後來他被調離龍山基地，最後一次入住的那個週末我剛好不在首爾，他跟朋友們吃飯時我們視訊道別，但真的太吵了，只能草草結束。隔天一早，他還是非常溫暖地傳來訊息：「姊，這段時間謝謝妳和妳的朋友們，你們都是比家人還要好的存在。我要離開首爾了，這是最後一次向妳問候，記得準時吃飯，也要好好照顧自己，等我再來首爾，一定要接我電話！」

約定抵不過Covid的重擊，他移師京畿道後碰到疫情來襲，整整三年我都沒有機會去探望他，只有偶爾用通訊軟體彼此關心。能再見面時，他已經又移動到大邱，那是一個距離首爾需要高鐵兩小時車程的遙遠城市。約好在首爾見面的那天，大家都很期待，那個木浦少年是否還是一樣靦腆、木訥。

他比我們都還準時，時間沒有久到足以改變他的外型，卻改變了他的氣質。現在的他變得更開朗、也更喜歡開玩笑，除了依舊努力生活外，也培養了很多新興趣。軍隊洗掉了他的猶豫與悲傷，那更寬闊的肩膀，不確定是訓練所致，還是累積的自信心給的。

以前，我們總是開玩笑地說他是合夥人媽媽一半的兒子，果然，合夥人媽媽一聽到他要結婚的消息，馬上紅了眼眶。

2 參見輯一〈合夥人的媽媽〉。

飯桌上，他們肩靠肩聊著新娘還有婚禮細節，「你如果需要長輩出席的話，我跟老公一起去吧！」擔心他沒有父母會被親家瞧不起，在列下所有注意事項後，合夥人媽媽悠悠說出心中最大的煩惱，卻被他拒絕了。

他的未婚妻是長官的女兒，而媒人正是那位長官本人。即使這在韓國婚禮習俗中很少見，但就像我們認識他時一樣，他剛與未婚妻交往，就坦誠說出了自己的家庭狀況，而親家也能理解這樣的孩子在社會上有多不容易。

婚禮當天，想要樸素極簡的新人，終究敵不過嫁寶貝獨生女的父親。婚禮辦在新羅飯店，是傳說中只有明星、權貴可以預約到的迎賓館。主桌坐的是哥哥嫂嫂，而我們這群人，則被分配到寫著「首爾家人」的桌子。

致詞時，他特別感謝了合夥人的媽媽，那些探訪、會面的時間，讓他的軍旅生涯開始有了值得期待的事。另外，他也點名了他人生中第一個外國朋友：「一個逼我喝酒的台灣姊姊，那天她給我很大的壓力，但也給了我很多家人！」

謝謝他，成為給足我們力量的第一個客人！

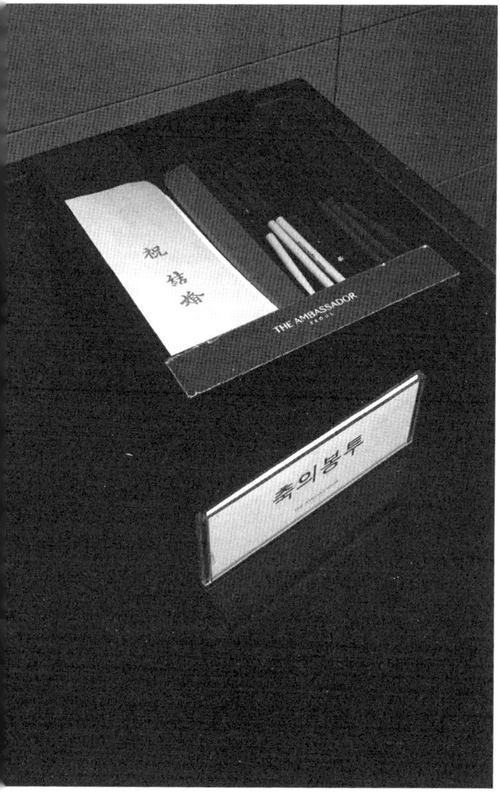

澳洲畫家

不知道這跟民族性有沒有關係，但韓國人喜歡一起做生意的個性，不論在海內外都一樣。看似彼此競爭，卻又可以相安無事許多年。一開始在這裡生活時，覺得刀削麵一條街、辣炒年糕一條街、烤魚一條街、豬腳一條街很怪，難道不能各自分開做生意嗎？後來有長輩提點，雖然表面上是互相競爭，但讓客人先願意進來這個商業區，比在外面單打獨鬥更好。

這樣的模式也被運用在K－POP的拼盤演唱會，各家經紀公司派出當紅團體與新人團體來吸引路人粉絲，得利的不只是團體及公司，還有韓流未來的整體發展。反正，前後輩這種文化，從小吃到國家整體經濟命脈，都被用上了！

在梨泰院一帶，我們不是第一組經營民宿的人，跌跌撞撞的過程中，遇見很多前輩幫助我們；而在經營多年後，我們也變成了民宿界的前輩，開始照顧別人。

有位一句英文都不會說的朋友，開始經營民宿不過兩週，就來了一個澳洲客人，讓她一度慌亂到想要拒絕訂房；但對方連續訂了四十五天，就算請一個即席翻譯也要硬著頭皮接下來。

Check in當天，擔任那個翻譯的就是我。除了溝通外，還要帶他去買交通卡、下載NAVER MAP（地圖軟體）跟KakaoTalk（通訊軟體）。入住四十五天算是旅居，如果認識一些鄰居，會比較好相互照應，於是我跟他說如果經濟上允許的話，可以買個小東西送給他們，還順便推薦他年糕甜點，便宜又甜甜的，很討人喜歡。但他可能不在意是否受歡迎，最後說沒關係，之後有機會再跟大家聯絡就好。

他的個性有點陰沉、有點安靜，還自稱藝術家，讓我多待一分鐘都覺得心很累。一直講話雖然是我的興趣，但「藝術家」三個字真的令我反感至極。雖然很抱歉，但我們已經接觸過各種藝術家，例如衛生習慣不好藝術家、欠錢藝術家、小偷藝術家、被警察抓走藝術家，總之除了紅翻天藝術家外，我們都遇過。

四十五天過得很快，中間有很多瑣事，都是電話可以解決的。雖然不關我的事，但他很有禮貌、也不鬧事。朋友說很少看到他，鄰居阿姨們的觀察報告則顯示：他大約都八點起床，遇到阿姨時會點頭打招呼，然後就坐社區巴士出門。通常中午前會回家，接下來就都在頂樓畫畫，很少出門。不到三十歲、長得高高帥帥、衣著整潔乾淨、斯文有禮，所以即使沒有交集，阿姨們的報告結論依舊是：「討喜！」

離開前，他傳訊息給我，感謝我的協助，讓首爾的創作之旅能順利結束，希望可以請我吃飯。「創作之旅？」我心裡噗嗤一笑，從澳洲畫到首爾來，好想知道燒酒帶給他哪種靈感？

席間，他送了我一幅畫。我還提前在心中準備了一些以前在學校修西洋藝術史時會用到的術語，卻在打開畫時，被滿滿街頭感的俐落黑色線條，與自在揮灑的紅墨點驚豔到。這完全是我喜歡的風格，我認真低頭看了很久，除了我喜歡、好喜歡、謝謝你之外，根本不知道該說什麼，「我很喜歡！但……抱歉，這跟首爾的關係是？」雖然有點丟人，但我真的很想知道，這在澳洲不能畫嗎？

他說這是藝術家的浪漫，異地創作的靈感跟工作室完全不一樣，每個地方能取得的媒材也不同。這裡的生活與文化讓他的感受更多元，他很喜歡社區角落堆疊的泡菜缸、蹲在路邊抽菸的大叔、凌亂的蔬果雜貨攤、下大雪的南山，還有偷偷觀察他的鄰居阿姨。

這時的他不像一開始那個陰鬱、安靜的人，有邏輯、開朗地解釋著手機裡的作品結構，同時又怕我覺得無聊，時不時地穿插建議我下個月造訪澳洲時，應該去哪些漂亮地方，「反正妳來澳洲記得跟我聯絡！」「好啊！」雖然我答應得很爽快，但當下只是一直考慮要不要點韓牛串燒，後來想到他冰天雪地中一個人在戶外畫畫的背影，覺得賺錢辛苦，還是放棄了。

半個月後，我去了澳洲，先在雪梨玩、後來又前往烏魯魯，兩週後抵達他住過的墨爾本時，他傳給我一個Excel表，裡面的景點通通按照餐廳、咖啡廳、畫廊、娛樂分類好，讓我太驚喜！

最後，抵達黃金海岸時，我才知道自己的無知、短視、淺薄與不足。

我們相約見面，經過的每條路、每家餐廳，都有人出來跟他打招呼，歡迎他回家。街道上有政府與他合作的合法塗鴉作品，連鎖速食店的得來速車道上則是他媲美〈清明上河圖〉，長達一百公尺的畫作。一起逛的商場、一起喝酒的街角……全都是他的作品！

「我不懂耶，你這樣的社區明星，幹嘛住在那個小頂樓？」

「這樣才可以認識妳啊！」

殺得我措手不及，但兩天後，我還是回台灣了。

價值四千澳幣的作品還在，友誼也是！

忙內

某個房源附近有一家我們很喜歡的酒吧，老闆除了顏值之外，其他的人生際遇，可以說是跟《梨泰院CLASS》裡的男主角世路一模一樣。

外型粗獷、看似不苟言笑的他，像是美國公路旅行時會遇到的哈雷大叔，留大鬍子、穿皮衣外套、手指戴著滿滿的銀飾，遠看還會以為是指虎。

雖然外在形象讓人心生畏懼，但他是那種內心比誰都熱情的典型慶尚南道男子漢。我們一週有四天，會在那裡花一萬韓圜，喝一杯濃到不行的長島冰茶，聽他說自己媲美電影，豐富得不可思議的人生故事：從小是角力選手，後來因傷退役，誤入歧途、加入黑幫，曾替人頂罪坐牢，出獄後當過遠洋船員、還在橫城肢解過韓牛……他總是開玩笑說，自己是全世界最倒霉的人。

因為老闆個性豪爽、很有正義感，酒吧常會有特地來找他聊天，或是尋求幫助的後輩。也就是在這邊，我遇到了民宿的招財貓：泰陵朴寶劍。

合夥人回家跟媽媽吃飯的某天晚上，我一個人跑去酒吧喝酒，聽完老闆的遠洋船員日記第七個章節後，準備回家。

「妳等一下，叫那個新來的送妳回去！」

「不用啦，很近，我跑一下就到了！」夏天從酒吧走回我家要七分鐘，冬天因為太冷，用衝的大概只要三分鐘。

「已經一點了，太晚了，一個女生還喝酒，不行！」在他眉宇緊皺堅持下，那個新來的也快速跟進。

他一走近，我心中猶如澳洲雪梨大橋跨年煙火瞬間齊發，忍不住讚嘆：「哇，有人說你長得很像朴寶劍嗎？」他面無表情，也沒有要回答，自顧自地九十度鞠躬：「妳好！」一旁的老闆看著他，說：「來回十分鐘而已，你去太久我會報警。」

七分鐘的路程，一直想到從小到大我最怕的三件事，「鬼、蟑螂、尷尬」。他一直都很安靜，猶如預期中的窒息感。我反覆思考：「問個名字可以吧？要問看看他多高嗎？年紀不會很失禮吧？不會覺得我要拿年紀壓他吧？問他住哪？如果回關我什麼事，我要怎麼辦？」

最後什麼都沒有問出口，一路憋氣憋到家。跟他道謝後，他沒有轉身離開，反而突然問：「妳住哪一樓？」

天啊！我心一驚，該不會要上演「要不要來我家吃拉麵？」的情節了吧！但我們家規很嚴格，而且合夥人可能等下就回來了？不過，基於想讓他多了解我一點的心情，我還是不爭氣地說出：「二樓。」

「那等妳上樓開燈，我再離開。」

心臟啊，堅強一點！我不是很容易酒醉的人，當下卻感受到快樂的暈眩感。剛想說不然再聊兩句好了，他冰冷的聲音卻截斷了我獨自旋轉的浪漫：「快點上樓吧，好冷。」

上樓開燈後，就看見他沒有留戀的背影，一路狂奔，左轉消失在街道上。

幾天後，又在酒吧遇見寶劍，他一如往常鞠躬問候，一樣安靜、一樣帥氣。老闆分享完肢解牛的要領後，突然問：「你們還在找民宿的幫手嗎？」

我們前陣子找到了很好的房源，但因為找不到幫手而遲遲不敢簽約，喝酒時隨口提了一下，老闆說會幫忙看看，沒想到居然是真的記得。

「那這孩子你們帶走啊！很懂事、又正直，因為是體育生，力氣也很大。」合夥人看了一下，「很帥耶，把網站上房主的照片換成他就賺翻了！」就這樣，那週我們簽下了第三個房源。

在慶祝寶劍入職的聚餐上，才知道他原來是跆拳道國家選手，年初因為肌腱舊傷復發加上阿基里斯腱撕裂，決定放棄從五歲開始的國手之路。聽完他濃縮到極致的故事後，好像有點能理解這樣陰鬱厭世的態度是從何而來，「當下應該很痛，才會選擇放棄吧？」其他人都不是體育生，只能想像走在大賣場時後腳跟被購物車撞到，或是脛骨被踢到，那種接下來幾天都難以行走的疼痛感。

「最痛苦的，其實是活到二十歲，突然失去目標。」寶劍很平淡地說出超越我們想像的世界。連續十幾年來，夏季一早五點就要離開舒適的冷氣房；冷冽的冬季則是在天還沒亮時，就得頂著零下的低溫，徒步二十分鐘去道館。國、高中同學享受校園生活時，他總是在比賽、在尋找更好的機會，比起跟父母相處，更多的時間花在與教練前往各地征戰。

踢進國家隊之後，一切看似苦盡甘來，最後卻以傷退作收。他把充滿熱情、對生活有理想的那個人留在了最愛的跆拳道場上，現在的他，只是湊合著呼吸的「全拋」[3]青年。

跟一群年紀大很多的人一起工作，深怕他做兩天就離職，希望他不要拘謹，遇到問題或是困難都可以說。想要彼此說話輕鬆點，年紀最大的合夥人提出了說半語的想法，卻被他拒絕了：「沒關係，我說敬語比較自在。」

雖然當下氣氛有點尷尬，但這不是壞事，確實還是有很多相識許久，也依然使用敬語的朋友，只是，沒想到我們最後也變成這樣的朋友。即使他後來偶爾會叫不動、行為脫序，敬語還是維持不變，就連頂嘴時也堅持用敬語。

我們花了很多時間，才走進內向的寶劍的世界。從入職聚會那天得知他曾是跆拳道國手、有女朋友後，個人資訊就沒有再更新過了！尤其只要觸及到家人的話題，他都會假裝沒聽到或去上廁所，真的跑不開的時候，就直接拒絕發言。

這樣的日子過了很久，不確定是因為他長大了、被房客融化，還是我的死纏爛打，我們發現，寶劍逐漸願意聊到家人了。

搬來跟我們一起住之前，他跟媽媽一起生活。不過因為選手身份，基本上都住在培訓中心，很少有機會回家。

寶劍的媽媽是韓、美、日混血，那個年代對混血兒的接納度不像現在，她在學校被霸凌、街坊鄰居也因為歷史因素排擠她。由於

---

3 韓國於二〇一〇年代誕生的詞彙「三拋世代」，意指年輕人生活痛苦，不得不拋棄愛情、婚姻和生育。後又衍生出「五拋世代」、「七拋世代」、「N拋（全拋）世代」等。

難以在社會上生存，她十六歲就開始在聲色場所上班，也因此認識當時在地方黑社會已經小有名氣的寶劍爸爸，比起真愛，更像是找到長期飯票。

生下寶劍之後，爸爸雖然盡了養育責任，給了他們母子衣食無缺的生活，卻沒有跟媽媽結婚。媽媽的憂鬱症日漸加劇，終日酗酒，也無法好好看顧孩子。一直以來，我們都以為他很會處理家務、照顧人，是因為在選手訓練中心長住的關係，直到那時才知道，童年才是他的家務訓練中心。

以為在這種情況下長大的他會埋怨爸爸，但離奇的是，他跟爸爸的感情超好，每天都會講電話。寶劍說，童年的快樂幾乎都是爸爸給的，玩具、遊樂園、出國旅行，買好東西、好好吃飯……他也問過爸爸為什麼不結婚，爸爸只是回答：「我們這種人，結不了婚。」

寶劍爸爸後來從小有名氣的地方勢力，變成經營放貸、開發土地、幫民眾排解疑難雜症的「生意人」。我透過手機螢幕跟他打過幾次招呼，不是什麼特別可怕的長相，也沒有出口成髒，如果我不知道他生意做這麼大，只會把他當做社區裡開雜貨店的大叔。

多年來，寶劍爸爸請我們大家吃過兩次飯，第一次是寶劍剛入職不久時，他希望我們可以好好照顧他什麼都不懂、跟水一樣透明的兒子，不懂可以打罵都沒關係，也一邊炫耀兒子有跆拳道四段、柔道三段、空手道四段，是耐打體質。

包廂裡的十二人大桌，只坐了五人，一邊是我跟三個合夥人，一邊是寶劍父子，靠近門口的地方則站著兩個黑衣人，當時只知道是秘書，之後有需要什麼都可以跟他們聯繫的秘書，兩個體格跟丹田都很好的秘書。

怎麼會沒有多想？現在回憶起來，當時跟水一樣透明的，其實是我們。第一次餐敘五人沒有尷尬，主要是因為這不愛說話的少年，有一個十分健談的父親。

第二次見面是寶劍生日，我們約在他們家，寶劍爸爸安排了穿黑西裝、體格很好的秘書來接我們。一路上，我們幾個人用簡訊在後座無聲交談，拼湊出韓劇裡那種昏暗燈光的長廊，走到底會有一家放貸的公司，一開門有一堆彪形大秘書，站在寫著「少爺　生日快樂」的紅布條下，齊喊：「少爺！歡迎回家。」光把幾個合夥人的I型人格，與這大型的社會死亡現場聯想在一起，就已經令我快樂到不行。

車子一路往首爾市的北部開，轉進了平倉洞的山路裡。熟悉首爾地產的人都知道，平倉洞就是會長洞，富豪集散地。雖然說寶劍的爸爸也是會長沒錯，但跟我想像中的放貸公司還是相差太多。

手上的手機又響了，是坐在前面的合夥人傳的：「我們最近有惹他嗎？」「不可能是平倉洞吧？」「山路是不是有點危險。」我笑出來，自從知道寶劍的身世之後，就常常拿這個開他玩笑，像謎團一樣的他，都只笑而不答，偶爾這些哥哥姊姊太興奮時，他也只會說：「您們這樣不會太誇張嗎？」不能放過敬語的男子。

秘書把我們放在門口時，已經有人在那邊等了。那是一棟磚紅色的建築，大門是黑色的單開門。順著石階向上走，經過日式庭院時，原本正在抽菸的秘書看到我們，便趕緊熄掉手上的菸，行了九十度的韓式鞠躬禮。回禮時，我確保自己至少有彎到九十一度。

室內的裝潢很有人味，木雕桌、皮製沙發、拼湊的抱枕、按摩椅，還有配色很奇怪的亮面流蘇窗簾，不像現代豪宅走簡單俐落風。見到寶劍爸爸的時候，主修室內設計的合夥人先讚美了房子的格局與採光，寶劍爸爸看起來很開心，但沒有接話，於是合夥人只好再吞吞吐吐地說出：「室內整體也很有品味。」我驚訝到在內心吐了十次，平常我多放一枝花都會說我土的男子，現在在槍口下，居然這麼狗腿！

「說什麼呢，跟你們的差太多了！」話一出口，寶劍爸爸看向寶劍，才發現他那位沉默的兒子，什麼都沒跟我們說。

原來，在寶劍開始上班後，寶劍爸爸因為想要了解他的工作環境，利用整理時間讓寶劍帶著，看過我們每一個房源。叔叔很快跟我們道歉：「抱歉，沒經過你們的同意。本以為養出武術高手就不用煩惱了，但畢竟還是我兒子。哈哈哈哈哈！」雖然找不到笑點在哪，但這就是社會生活吧！我們跟著客廳裡的秘書群一起笑了。

飯桌上，寶劍的爸爸還是一樣健談又幽默，問我怎麼沒帶麒麟來？我說當客人，不好意思。但，其實是因為擔心他家會有很多藏獒、羅威那、土佐犬這種毛間凶器。他說他很喜歡狗，希望下次可以見到麒麟。問他為什麼沒有養狗，他說他的馬爾濟斯幾個月前才離開，養了十五年，太傷心了！

一直到他拿出照片，我們才確認真的是馬爾濟斯的馬爾濟斯，不是把土佐犬取名為馬爾濟斯。衝擊太大了，真的好幽默，在這充滿秘書的房子，養什麼可愛的小型犬？寶劍爸爸一邊分享手機裡的照片，一邊接過眼明手快的秘書遞上的相簿，裡面都是各種馬爾濟斯與馬爾濟斯。相簿一本接一本，連貓派的合夥人也乖乖詳閱了三十分鐘。

「我以為你會喜歡養大型犬。」我說。

寶劍爸爸看著我狂搖頭，接著用食指點出秘書們站的位置：「大型犬太可怕了！況且平常這房子裡面就一堆大型犬。」我的天！我不知道我要看誰、看哪，太尷尬了，但此刻，大型犬們，不，是秘書們，又群笑了起來。

離開之前，叔叔請我們先到庭園的小屋坐一下喝咖啡，聊聊各自的人生煩惱，如果有需要幫忙的部分，不管是人還是錢，都可以開口跟他說，「很感謝你們，畢竟我兒子是體育生，社會化得很有限，也因為我職業很特殊，從小他就沒有什麼朋友，受傷之後，一直很安靜地待在家裡，謝謝你們接納這樣不足的孩子……」

「大家叫你少爺這件事，我真的太驚訝了！」上車之後，我跟寶劍說。不敢相信我們每天做牛做馬，說一不准二的忙內，在家居然是這樣神聖的存在。

合夥人問：「你要接班嗎？」

他驚訝地極力否認：「您們真的很外行，這種行業不能傳兒子的！」跟著他爸爸一輩子的人這麼多，怎麼輪都是這些叔叔，不可以是他。這不是行規，而是做人的義氣。再次證明，跟水一樣透明的果然是我們。

大家又開始挖苦他，這也算是銀行業、保險業、地產業啊！

「而且你也一直都很有義氣，半夜要幫房客點炸雞、通水管、修暖氣、甚至是抓鬼，偶爾要送喝醉的哥哥姊姊回家，還以為是你天生的個性，結果是家庭教育。你爸也是非常帥氣的人！」合夥人畫破嬉鬧的利刃，直達寶劍的心。他平穩地說：「都已經沒有夢想了，總要靠著義氣活下去吧！」

咖啡店的女孩

首爾冬天零下十度的低溫，令人常常走一段路，就想進去咖啡廳回暖一下，剛開始到這個城市的時候，還覺得這就是首爾要開一堆咖啡廳的理由吧。

兩年前的冬天，我在離家十分鐘的咖啡廳門口，猶豫著要踏進去花一杯飲料的錢，還是要勇敢地一路跑回家？最後，為了保護凍得即將與臉分離的耳朵，我還是進去了。

點好咖啡後，突然聽到一陣飆罵聲。我望向收銀台，是一個白人女性，正對著收銀的員工反覆大吼：「English!」

韓國服務業堅持對外國客人說韓文的事跡，常為外國人所詬病；但有別於網路流傳的各種文章，那個店員手足無措、只是一直重複「Slowly」的樣子，讓旁觀者馬上就將犀利的眼神轉到消費者身上。白人女性自顧自地講著不太標準的英文，而店員只是一直用雙手表示請她慢一點，終於受不了後，店員開始崩潰地大哭大叫。點不了餐的白人，回頭給我一個「我也不知道為什麼？」的眼神後就離開，留下獨自破碎的店員與寂靜的咖啡廳。

之後的一年裡，我三不五時就會去咖啡店晃晃，拿了很多台灣的小零食、小卡片跟她分享，喝了很多算不上好喝的咖啡、吃了很多過乾的可頌。

那天她下班前，我小心地詢問她：「天氣好冷，妳想吃部隊鍋嗎？」我們終於可以面對面一起吃飯，一起聊天，她也一字一句，釋放出那天崩潰的自己。

原來，每當爸爸喝醉或生活不順時，就會打她跟媽媽。後來，就連弟弟心中鬱悶時，也會出手打她。有一次，為了她的學費，媽媽跑回娘家借錢，爸爸因為覺得有失面子，差點把母女打死。她也曾提告過，但家庭暴力事件沒有關鍵人證，無法立案，連右眼全盲、肋骨斷裂，必須住院兩週的媽媽，也不願意出庭作證。

她為求自保，只能離家。童年的創傷，導致她只要聽到撞擊聲、吼叫聲，甚至是雷聲，都會馬上陷入恐慌。經過長時間的心理治療後，才逐漸找回平靜。

媽媽偶爾會來首爾找她，之前總是當天來回，這次是因為爸爸摔傷開刀，才獲得長住的許可。她知道我有在經營民宿，希望可以讓媽媽住幾天。

陪她們母女安頓好後，我在外面等她一起離開。隔著門，媽媽的聲音從房裡傳出：「妳有休假的話，就回去看爸爸……小時候的事，為什麼還要一直記得？不是只有妳委屈啊！妳說走就走，家也放著！我們生妳、養妳，還不夠嗎？」

她沒有回答，我則往下多走了幾階樓梯，想要假裝自己什麼都沒聽到。

她平靜地推開門走出來，慢條斯理地蹲下來穿鞋，再站起來時，眼淚就流了下來。為了幫媽媽付清八十二萬韓圜的房租，我陪她走去領錢，一路上都很安靜。雖然很抱歉，但我多管閒事又沒品，所以站在她背後偷看了帳戶餘額，是十二萬！

「要是房租太多的話，妳可以分期給我們！」做壞事但藏不住的我。

「沒有啦！我還有另外一個戶頭，我要存錢去澳洲打工渡假。」她發現我偷看後，笑了。

某天早上，我收到她的群發訊息。

「很抱歉就這樣離開，謝謝你們的照顧，我會永遠離開這裡，請大家要好好照顧自己！」

以為她要衝動做傻事，匆忙回撥手機，卻都無人接聽。後來，透過寶劍才知道，原來是她已經存夠錢，所以才刪掉所有聯繫，獨自出發浪漫追夢！

挪威少年的醒酒湯

經營民宿久了，自然整理得出一些規律：亞洲人大部分是姊妹結伴旅行，獨旅的女生也不少，訂房時的問題多跟逛街、交通、咖啡店、美食有關；歐美人士則以情侶居多，喜歡去景點、郊區旅遊，更熱愛跟團到DMZ[4]。亞洲人的出遊不分季節，歐美人士則以暑假與聖誕假期最多。

這次在聖誕假期入住的，是一個挪威男生，他用臉詮釋了「撕漫男」這個單字：撕開漫畫走出來的美男子！身材高瘦、肩膀寬闊，凌亂的中長髮看得出備受長途航班的摧殘，衣服單薄到令人憐憫，完全可以想像在路上與他擦身而過的姊姊們，該有多心疼。

「你不冷嗎？」謹代表路邊的各位姊姊，溫暖地開口關心他。

「天氣還好，但韓國人好像很怕冷！三度在挪威算是涼爽。」看著我的Canada Goose中長版防寒大衣，又想起從機場到民宿的路上各式各樣的雪地穿搭，藍綠色的眼睛充滿著問號。

他話很少，各種問答都以OK作結，介紹完房源之後，我們就再也沒有聯絡，直到退房那天，他拍了一張垃圾分類完成的照片給我，附上一句「Thank you」，我們的緣分就到此為止。

打掃阿姨也對他讚譽有佳，不僅垃圾分類得很徹底，床跟浴室也都整理得很乾淨。

「他好像很會煮飯！」阿姨從冰箱遺留下的食材、備料與乾糧，以及可媲美李昌鈺[5]博士的鑑識能力，下了一個「他應該是自己生活」的無聊結論。

原以為，隨著阿姨打掃完、離開房源，這個少年也會永遠地離開我的記憶。幾天後，卻在巧遇二樓的阿伯時，聽他問起：「那個青年離開了嗎？」

原來，一週前的半夜三點多，阿伯家門鎖因為錯誤而滴滴狂響，又有門板被撞擊的聲音。因為從貓眼看不見人，阿伯乾脆開門查看，卻赫然發現門口躺著一個外國人。

4 南北韓非軍事區，亦即朝鮮民主主義人民共和國和大韓民國邊界的緩衝地帶。以北緯三十八度線為基準，約寬四公里。

5 李昌鈺（一九三八～），美國華裔，世界著名的刑事鑑識科學家。

想過不管他，但室外氣溫太低，怕他冷死；也想過報警，但警察就算來，也只能把他帶回警局。與其陪他等警察，不如把他拉進家裡，讓他在沙發上睡一晚。

阿伯的老婆在去年因病離世，兒子則是因為酒駕累犯，目前進監服刑中，家裡只剩下他一個人。他用無奈的眼神和幽默的語氣說：「妳也知道，我很會應付喝醉的人！」

隔天一早，阿伯替他煮了碗加了很多黃豆芽的鯷魚醒酒湯，搭配簡單的家常飯菜，還煎了四顆蛋！老婆不在後，這是他照顧自己的方式。很高興，少年喝到一滴不剩！

兩個人語言不通，只能一來一往地交換翻譯軟體的畫面，阿伯因此知道了很多我不知道的事。少年高中畢業之後，發現自己對料理很有興趣，便投身餐飲業。打工多年之後，存了一點錢，打算來亞洲看看，吃點不一樣的味道，再回去念餐飲大學。

「他最喜歡的韓國料理是韓式拌飯，我跟他說太可惜了，早一點來的話就能遇到我太太，她是全州人，全韓國拌飯最好吃的地方！」隔天開始，男孩便三不五時地跟阿伯分享自己做的食物，大多是魚料理，還有義大利麵跟烤牛排。

少年住宿的三週裡，阿伯吃到了很多這輩子沒嘗試過的味道，「很感謝他，想教他怎麼醃泡菜，但我什麼都不會，呵呵。」他乾笑兩聲。

我突然有點鼻酸，平常遇見阿伯都只是點頭致意，很少聊天，不知道老婆離開後的他這麼無力。

曾聽鄰居阿姨說過很多他們家的事，老婆生病後，他因為常常請假跑醫院而被資遣，家中唯一的經濟支柱又因為酒駕累犯入監服刑。鄰居阿姨會時不時地給他許多小菜，便利商店店員則跟我說，他自己會到便利商店花三千四百韓圜，買三角飯糰搭配燒酒。

不知是因為兩人一樣孤單，或是酒精後座力致使的同理，那年寒冬的房客，帶給二樓阿伯不一樣的生活。雖然簡短，卻成為他沉重的生活裡，對聖誕節最深刻的回憶。而挪威男孩離開時，行李裡除了獨特的韓式人情味，還有阿伯給的鯷魚乾。

攝影：Ami 王芊琪

輯二。荒謬是日常

心存善念

梨泰院的夜生活與異國風情，吸引很多大學生朝聖，有些人捨不得計程車費，會選擇住一晚再離開；有些人則對週末的夜晚有不一樣的期待，所以先租好房間預備。

這是一位回住很多次的大學生房客，從南部來首爾念書，為了好好享受週末的痛快以及度過隔日的宿醉，幾乎每兩個月就會訂一次房。他家中經營遠洋漁業，畢業後也準備回去繼承，偶爾還會分一些珍貴的海鮮給我們。

跟傳說中的南部男生一樣，他行事俐落、性格爽快，又加上愛乾淨，接待他的投報率非常高。第一次入住時，他因為不會開熱水，只好在十月洗冷水澡。我們事後發現，傳訊息跟他道歉，他也只是說：「沒關係，男生洗個冷水澡而已，沒有怎樣！」

臨近畢業、準備返鄉前，他跟我們租了有露台的房型，想舉辦一個小型的餞別會，說只是喝喝酒、聊天、拍照，不會過夜。我們答應了，就當作送他一個衣錦還鄉的禮物。

下午離開前，他傳簡訊給我們：「都打掃好了，也很謝謝你們的炸雞，但真的太多了，朋友們都打包走了！希望很快可以見面，到蔚山來的話，也要記得跟我說。」

簡訊很簡短，但令人疑惑，「什麼炸雞？」問了一圈，根本沒有人送他炸雞！我們到房源找出空盒後打電話去店家問，地址沒錯，但訂購人是「安敏澤」（音譯），沒人認識。謎團不僅沒有解開，還更讓人一頭霧水了，到底是誰？

想了好久才發現，原來是前幾週的房客。他因為沒把冰箱關好導致機器壞掉，在我們通知要索賠後，直接在訊息中裡崩潰，最後用一顆星評價，加上：「我知道你們住在哪！」的評論，結束一週的吵架。但，其實……民宿是給房客住的，不是我們。

平靜地過了幾週，沒想到他居然還不肯放過我們，想用外送整人。不確定他盤算了多久，但千算萬算，居然算不到自己的無能，把這個復仇二部曲，從驚悚連載變成闔家歡喜劇。

超狂的十五萬韓圜帳單，因為忘記把「線上刷卡」改成「貨到付款」，直接從令人髮指的爛房客，變成請吃炸雞的蠢蛋哥哥。

文化重擊

「我可以理解，但是！」

打掃阿姨因為家裡有事請假兩個月，我們找了附近超商店員的二女兒來幫忙，她因為懷孕被公司惡意資遣，非常感謝能有這個短暫的工作機會。

這次入住的是一對印度夫妻，在前一天才訂房。見面時，兩人非常有禮貌，也十分貴氣，雖是短暫入住，卻帶了三個LV行李箱跟兩個LV行李袋，老婆則挽著愛馬仕。我當下只心想：「這個排場，怎麼會出現在寒舍？」

老婆說，他們因為跟飯店吵架被趕出來，完全不能認同韓國的飯店服務。這點我無法否認，除了不會韓文的人高機率會被翻白眼之外，偶爾還會遇到一些好像自己欠他二十億的服務人員。

原本以為他們很難搞，結果那三天我們過得很安心。他們不僅安安靜靜，還留了一些小費在信箱裡：「之後可能不會見到你們，把小費放在信箱裡面。」也沒有像之前的印度房客一樣，用各種不存在的理由，要求折扣或是退款。

很快就到了退房那天，他們前腳才離開，後腳就留下五星評價「Good service」，簡單有力，雖然我也不知道服務了他們什麼，但五星就是最棒！

通常，我們會在退房後馬上檢查及清潔，但由於最強的打掃阿姨當天開始請事假，而店員的二女兒又因為產檢，得要隔天才能工作，因此只好先行放置，等第二天再打掃。這個空檔，也被後來的我們稱為：暴風雨前的寧靜。

隔天一早，便利商店二女兒回傳的房源照片非常乾淨，客廳幾乎沒有動過，床鋪得很整齊，使用過的餐具都洗乾淨、收拾好，也沒有傳說中屬於印度人的獨特體味。看似正常到美好的一切，在她打開浴室門的那秒，瞬間崩解！

「我一直尖叫！」雖然沒有當場聽見，但透過文字也能感受到她的淒厲與絕望。她說，她無法用任何一個形容韓文字形容浴室裡的臭味！

開門後，可以看見浴室地板正中間有數條已經風乾的排泄物，周邊的防水條也卡著大大小小被水沖刷過、已經乾掉的排泄物遺骸，之中還有微微的食物殘留。排水口更不用說，簡直就像廚餘桶般，慘不忍睹！她強忍不適，乾嘔著打掃完，隔天就離職了。

我以為，像他們這種種姓上層的人，會因為家世背景與知識水準，而更有文化涵養——至少知道如何使用馬桶。跟大家聊到這件事時，卻有人問：「為什麼要會使用馬桶才是有文化？」但我答不出來。

後來，我爬了很多文才了解，馬桶是殖民文化的輸入。也許，有時他們不是不會，而是在選擇接不接受外來文化時，有屬於自己的堅持。

「我好像可以理解。」這是經營民宿之後，我最常說的話。雖然，偶爾會加上「但是……」；但是，這也是我的文化呀！

以物換宿特輯

。。。住宿換智慧

那是一位目測大概四十幾歲的法國人，滿臉鬍渣，不修邊幅。身上的體味，不確定是因為太久沒洗澡所導致，還是天生的，但讓我忍不住想到江浙名菜「鹹魚蒸肉餅」。入住了一週後，他想要再延長一週，但因為身上只有現金無法刷卡，就問我們可不可以便宜租給他，畢竟這樣就不用被收訂房系統的手續費。他說得真的很有道理，我們就答應給他九折。

本來約定好第一天就要付款，但俗語說「欠錢的人都很倒霉」，不是遇到他手機沒電，就是剛好在世界網路佈點前三的首爾沒有訊號，或（來七天後才）水土不服生病昏睡，或迷路在觀光客多到不行的南山公園裡……總之，這七天，我們上演了各種錯過彼此的戲碼。

等著等著，迎來了最後一天，他說明天退房時會把錢留在桌上，為表誠意還附上自己正在提款的照片，背景是ATM與不知名的手拿著一疊錢。因為才剛開始經營民宿不久，為了那五十六萬韓圜，我們甚至想到房源門口監視，合夥人還因此整夜沒睡，早上六點半就抵達房源。

果然，他的擔心是對的：房客已經離開。當然沒有留下任何錢，只有一幅畫跟親筆字條：「真的很抱歉，我很需要這筆錢，但我留下了這幅價值更高的畫給你們，首爾是個很美的城市，希望你們喜歡我眼裡的光化門，期待春天再訪。」

畫從那天起就被我們掛在房源裡，看一次長一智。

。。。住宿換清醒

失聯好久的朋友，跟我說要來東大門批貨，希望可以入住四晚，加上韓文、英文不通的關係，希望我可以陪她去批一次貨。

她入住的第一晚，我請她吃了烤肉，也為才華洋溢、終於離職追夢的她開心。吃飽飯後，我們一起去東大門批貨，從晚上十點一直工作到凌晨三點。隔天中午見面時，她又問說可不可以幫她拍一些穿搭，想要開始上架。當時，她的商店粉絲只有一百二十七人，沒人訂貨的狀況下，我們還是拍完了前一天買的所有衣服。

一起吃完晚餐後，又陪她去了一次東大門，這次則忙到凌晨兩點多。回家的路上，她約我明天中午吃飯拍照，我拒絕了！

接下來的兩天，她都沒有任何聯繫，直到退房那天早上，才傳了訊息給我：「房費可以回台灣再給妳嗎？我要留錢坐計程車去機場。」

回台灣後，我們失聯了好一陣子，我追問她房費何時要給，她只是回覆：「好喔！我算下！」「等等給妳唷！」

各種敷衍下，我們又好久不見了。

。。。住宿換幽默

入住的是一位清湯掛麵，非常樸素的澳門女生。她很清瘦，臉上毫無血色，上樓的時候，為了怕她過度出力而昏倒，我幫她提著行李，因此意外發現她應該只帶了空行李箱。

「妳行李好輕唷！」

她開朗地告訴我，自己存了很久的錢，要來NCT跟Stray Kids[6]的快閃店一次花完。

看似是個很有計畫的人，實際上卻有極大的反差。上樓時被我發現後背包拉鍊沒拉、把手機放在計程車上、護照放在一樓的花台、機場買的香蕉牛奶從一樓滴到三樓、包包裡的水壺沒關好讓預約確認信被浸濕，衣服上更是留下很多不同時期的咖啡漬……儘管這麼冒失，但當她下定決心要辦好一件事的時候，還是很認真的。

「我從澳門帶了蛋塔給妳！」太感動！掉了手機、護照的人，居然守護了這盒蛋塔。我充滿期待、迷戀地看著她手中那盒蛋塔，慢慢朝我奔來……一瞬間，她撞到桌腳，蛋塔盒四腳朝天地跌落在地毯上。

「沒事，還有三顆沒有掉出來！」也是沒錯，要樂觀地面對生命的任何挑戰，畢竟她這一路已經歷太多。而面對突然降落的幸福，我當然是不管什麼形式都接受的，三顆蛋塔，也很棒！

她做足了追星的功課，住宿期間一切都很祥和。退房那天下午她打給我，因為記錯飛機時間，到機場時飛機已經飛走了，所以改了隔天的機票，問我可不可以再住一晚？

6 分別為ＳＭ娛樂公司與ＪＹＰ娛樂公司旗下的男子偶像團體。

畢竟房間也都還沒有打掃，我們就算了一個續住、付現的價格給她，當晚約在房源見面，她從口袋、包包的各種內外袋、行李箱、衣物裡掏出了八萬七千韓圜交給我。雖然離十二萬韓圜的房費還有一小段差距，她卻不疾不徐、不慌張也不尷尬，保持樂觀地看著我的眼睛，非常真誠地說：「錢好像有點不夠，但也差不多，剩下的就用蛋塔扣掉了！」

幽默到無法生氣。我拿著八萬七千元離開房源後，就開始到處分享這個冒失鬼勇闖世界的故事。

省王決賽

環保當然很重要，但我本身不是什麼環保戰士，加上韓國的水電都不算很貴，所以房源裡除了貼上出門前留意火燭的警語外，關燈、關水就交給大家的良心負責。除了有違規開設孩童游泳課的教練，以及在洗澡時昏倒的客人，導致水費兩次爆表外，其他時候都尚可。偶爾遇到節儉的房客時，也真的會感激到留下深刻印象。

。。。候選人一

入住的是一對全身精品、打扮非常華麗的泰國母女，四個精品行李箱上都貼著商務艙的標籤。我超疑惑，這種身價來擠我們民宿合理嗎？

媽媽說：「反正幾乎整天都在外面，用到房間的時間很少，只要乾淨簡單就可以了。」這些話從一個亞洲富豪的口中說出來，真的是帥氣到不行。

兩人的態度都非常客氣，入住期間也完全沒有跟我們聯繫，真的是我們最喜歡的客人之一！她們退房後，隔天入住的新房客一直跟我們反應水壓小，當時真的很憤怒，覺得我們亞洲富豪歐膩都沒問題，你家平常是用瀑布在沖馬桶嗎？

請水電大叔到房間檢查後才發現，亞洲富豪為了省水，放了裝滿水的一公升寶特瓶在馬桶水箱裡！

世界級的震撼。果然，不僅開源，節流也很重要。

。。。候選人二

在大雪紛飛中抵達的是來自台灣的女孩，她是第一次見到雪，所以超級開心！我幫她開好暖氣、地熱等設備後就離開了。隔天凌晨一點，我們接到她的通知，說房間好像停水了。前往查看後才發現，貼心的她為了省電，在洗完澡後，把「找了好久，但為了省電不能放棄，絕對要找到」的熱水器總開關關掉了。

不怪她，我家規定也是洗完澡一定要關熱水器，但我們的民宿是老宅改建，熱水管安裝在室外，冬天只要一停止加熱管線就會結凍，水結冰了當然流不出來。幸好她馬上聯絡我們，不然別人家還有發生過更慘的案例，一直堅持開著水龍頭，管線直接爆開！

雖然她一直說沒關係，但為了讓她可以在半夜洗澡，合夥人還是回家拿了延長線跟吹風機。兩支吹風機與移動暖爐合併進攻，在冰天雪地裡加熱兩小時，才得以紓困。

。。。

候選人三

入住的是一對中國情侶，女友打算來韓國整型。他們的打扮潮流又時髦，雖然有些單品像淘寶貨，但商務艙給的優先行李標籤應該是買不到吧！

由於女友第一天就去大整型，連削骨都做了，接下來很難出門，男友要外食就只能一個人去吃。但，除了便利商店與速食外，在韓國一個人要吃頓好的有點困難，所以他每一餐都請在韓國的中國留學生代購外賣（我也是那時才知道還有這種賺錢的方法）。

只要是中國人入住，我們退房當天一定會去對點，不只是看東西有沒有被偷，還有一些細微的問題，例如禁菸的房裡菸味超重，或是床單被菸頭燒到破洞，卻用美容膠帶貼起來……等，總之，對點就是各種諜對諜。

這次，細心如我，發現房間裡超多外送包裝袋與免洗餐盒，但廚餘桶卻很乾淨。想起雞骨頭事件[7]後，我趴在地上檢查。

7 參見輯四〈法術合集〉。

中國男子問：「妳看啥呢？」

我表示：「訂了這麼多東西，至少會有骨頭吧！為什麼連廚餘都沒有呢？」

他走向自己的巨大行李箱，一邊輸入密碼，一邊說：「喔，住了好幾天，點太多了，我去樓下那個賣場（大創）買了幾個保鮮盒，準備都帶回去呢！」

打開的行李箱裡，裝著豬腳、人蔘雞湯、冷麵、雪濃湯、餃子、烤雞串、韓牛肋排……

好的，我們安全下莊。現在，輪到海關與他們諜對諜了！一路順風。

極簡的挪威客人

入住的是一個挪威背包客。一頭散亂油膩的金髮、削瘦高䠷的體型，在十月的首爾，卻只穿著短袖上衣與棉質外套，跟他的體型一樣單薄。

四十三歲的他，正在進行一場為期一年、「尋找人生意義」的亞洲之旅，在日本玩了兩個月後，韓國是第二站。他用少到不可思議的行李，向我們展示了「極簡主義者」的自尊心。

辦理入住時，撇除濃厚的體味外，和他聊得很愉快，於是我們便邀請他參加合夥人的生日聚會。其實沒有什麼特別的活動，就是按照慣例，一起請他吃個飯。房源附近有一間我們很喜歡的烤五花肉小店，價格便宜但十分美味，一週大概會去兩次，因為營業到半夜的關係，偶爾也會當成宵夜。總之，那天大家帶他見識了道地的韓式生活；他則淋漓盡致、毫無保留地展示了自己的極簡生活。

韓國餐廳的菜單幾乎都很單純，賣烤五花肉的店除了兩到三樣肉品外，通常還會有單點的小物，例如白飯、蒸蛋、泡菜湯或是大醬湯，結束。進到店裡後，我們整理了一下要點幾份肉，也一起問他想吃什麼？

他幾乎沒有思考地回答：「不用點我的，生活很簡單，就是吃幾口飯，飽了就好！」這話讓我想起蘋果公司的前執行長賈伯斯，也總是只穿同樣的衣服，減少無謂的抉擇，把更多專注力放在需要的事情上。極簡的生活，該不會是邁向成功人生的第一步吧？

四人總共點了十份肉、三個湯、兩個蒸蛋、四碗飯，而他只點了一碗白飯。餐點上齊後，分配餐具的那一刻，大家都嚇傻了！他居然拒絕了扁筷與湯匙，用手拿飯吃。

「你是覺得扁筷很難用嗎？」朋友說出了大家的疑惑。

他把飯吞下去之後，從容地說：「喔，不是的！我近期對餐具的設計，有了新的看法。你們應該不知道吧？餐具的發明，一開始充滿階級對立，刻意用刀叉去牽制人的思想，讓人守舊、無法打破階級觀念，本來就是很多餘的規範。」

雖然聽了一頭霧水，也覺得這樣的無限上綱很蠢，但畢竟是新朋友，團隊的禮貌擔當：壽星合夥人，馬上出來打了圓場。

「其實韓國人也會用手吃飯，像這樣……」他開始很認真地示範菜包肉，但菜包肉其實只有用左手穩定菜葉，右手是要全程用筷子夾肉、泡菜、蒜片、紫蘇葉跟飯的！在合夥人終於把所有的食材放上葉子，擱下右手的筷子，包起來吞下去的那瞬間，也吞下了所有的靜默與尷尬。

席間，挪威客人一直分享極簡生活的各種優勢，包括降低物慾、減少煩惱、節省時間、提高生活品質、獲得快樂等等，並希望我們可以加入。雖然本意真的很好，而且減少無聊的決策，把專注力放在更重要的事情上，大概是全世界的成功人士都贊成的話，但，我們可能真的是一群只想吃飽、買一堆小廢物堆在家裡的阿斗。那天，我們養出了不要搭話，只用眼神交流，幫他的金句給分的默契。

經典語錄真的太多，包括：「洗澡用水洗就很乾淨，不需要沐浴乳，用了很多化學加工品後，再去追求保養，這就是過度浪費！」「襪子為什麼要這麼多？」「褲子只有兩條輪流穿，我甚至不穿內褲，沒有同時穿兩條褲子的必要。以前的人也沒有穿內褲的習慣。」「你們點那麼多，其實都只是慾望，對我來說，吃飯是為了維持生命，而不是滿足慾望。」「聽說韓國的咖啡廳很多，咖啡文化很發達，其實我不喝咖啡，累了就去睡覺。」大部分很有道理，但真的做不到！

他的經典語錄，我們到現在都還會拿來互相開玩笑，但我最喜歡的是在他一陣狂吃，大概吃了兩條五花肉後，結帳時問的那句：「我剛只點了白飯，要給多少錢？」

他入住十天，退房那天，打掃阿姨說房間味道很重，把被子跟床單拿去送洗，洗衣店說要加錢，毛巾也要再特別殺菌，枕套則只能丟掉，因為真的太髒！阿姨又說，房客拿走沐浴乳、洗髮精跟潤髮乳，你們要網路上訂，還是我去買？

掏空別人，華麗自己的舒服生活，也是一種極簡。

裝置藝術特輯

。。。

正向思考

兩位入住兩天一夜的韓國年輕女生，初次見面就對我講半語。我很少遇到這種失禮的人，於是也用半語回敬她們，她們卻說：「怎麼可以跟顧客說半語？」我才意識到，原來不是因為我童顏（？）或是沒注意，而是她們真的很沒禮貌啊！

解釋住宿規則後，她們開始抱怨：「室內不能抽菸？太土了吧！」「我們不是沒錢住飯店，是因為不想到戶外抽菸才住這種地方的！」

因為當下只有我一個人，太怕被打，只能忍氣吞聲：「還是說，妳們有考慮現在改去住可以抽菸的Motel嗎？」講了這麼多，當然是因為沒錢，最後只能繼續住了。

退房當天，我特別提醒打掃阿姨檢查有沒有菸味，她回：「房間很乾淨，但浴室很噁心。」

她們用血書在鏡子中間寫了「Hallo」、「Haha」等，右上角還貼了沾血的衛生棉，超級想吐！

很害怕剛到職的阿姨會不想繼續工作，沒想到她異常淡定：「比起菸味，這個比較好清理。」

我下定決心，阿姨離職的那天，我也會馬上整理掉所有房源。

Respect！

李昌鈺辦案現場

一對從Check in開始問題就很多的法國組合，因為我們沒有提供浴缸，她們憤怒到不行。

「我已經想要給你們一星了！」

跟他們表示網頁上都有標註，可以再看一次。

「我看不懂韓文！」

「但其實你們看的是法文版的。」

他們假裝沒有聽到，繼續嫌東嫌西。

Check out當天一早，我們就收到了五星通知，嚇到！想說這麼會抱怨的人，居然給五星，該不會是按錯了吧？算了，結果論來說，還是令人滿意。

下午打掃阿姨去整理時馬上打來飆罵，說她沒看過這麼惡劣的人，居然用三條奶油塗抹了整個房間，從牆壁、桌面、鏡子、窗框到地板無一倖免，直接當成油漆在用。

不知道如何排解阿姨的憤怒，我請她先離開，我再請打掃公司來整理就好了，不然不曉得要用酒精、熱水還是什麼化學清潔劑，太麻煩了！

她拒絕了，說她可以辦得到。過了一下，又打電話來：「想一想還是很生氣，髒就算了，為什麼要白白浪費三條奶油？」

「妳怎麼知道是奶油？」

「因為垃圾桶裡有三張銀色的鋁箔包裝紙。」

。。。珍珠奶茶

入住的是一位來看Stray Kids演唱會的日本女生，外型超可愛，就像日本明星！她很有禮貌、也很客氣，還送給我們一盒蜂蜜蛋糕，入住五天，完全不會傳訊息也不會來煩我們，這就是專屬日本客人的香氣。

退房那天，阿姨跟我們說，要讓她加錢，多付清潔費。我再三跟她確認，是否真的是那個日本女生，還是弄錯了？因為真的太！髒！亂！了！

五天堆積的垃圾、紙盒就算了，頭髮堵住浴室排水口、地板上還有廚餘的殘骸。流理台已經塞不下用過的杯碗盤和外帶的塑膠盒，所以乾脆直接堆到浴室的洗臉台，不僅油膩又髒亂。除了氣憤之外，我們也很疑惑，她這樣怎麼洗澡？

蒐證到一半，最離奇的來了！她把珍奶打翻在床上，看那個污漬與珍珠的量，應該是一整杯。

身為珍奶發源國的子民，判斷能力不可以沒有。仔細觀察那乾到產生皺摺的珍珠後，我說：「珍珠屍體至少有三天了！」

她就這樣伴屍睡了三天。好想問她，不管怎樣，都可以把珍珠拿掉吧？

。。。靈感來了，誰也擋不住

一對韓國情侶檔，沒有原因、沒有來由，給了五星後退房！這在韓國房客裡真的很罕見，因為他們通常都會寫一篇大讚美後給你四星。

去打掃時才發現，他們把想說的話都留在房源裡。牆上被貼了將近四十張超市標籤貼紙，以生鮮居多，白菜、燒酒、青陽辣椒、芝麻葉、胡椒粉、國內產泡菜⋯⋯等等。並不是什麼高級的裝置藝術，就只是亂貼一通風格。

回信問他們原因，他們只回：「有說不能貼嗎？就突然很想貼啊。」

。。。自由式高手

入住的是一位帶著兩個兒子的台灣媽媽。我們一開始拒絕了她的申請，因為一間房只能住兩人，但她說她不會韓文和英文，獨自帶孩子出遊很不安，房東是台灣人的話能比較安心，希望我可以幫忙，如果這裡不能住的話，也可以推薦她我信賴的其他民宿。

抵達那天，從彰化來的媽媽塞了十萬韓圜和蛋黃酥給我，希望可以補貼多一個人的房費。她說自己是單親媽媽，老公去年外遇後兩人離婚，但因為老公答應過孩子要去北海道看雪，她捨不得孩子委屈，才帶他們來韓國玩，總之很謝謝我。

從那天開始，我就一直幫他們祈禱：一定要下雪、一定要下雪、一定要下雪！幸運的是，聖誕節那天真的飄雪了，我跟朋友馬上傳訊息給她，希望孩子們都有看到。她也馬上回傳照片，附上很謝謝我的照顧等等的溫暖訊息。

我自己也是單親家庭出身，我爸一直都覺得愧對於我，加上小時候我也常常跟他說：「我又沒有媽媽，你為什麼不能陪我！」總之，我是那種從小就懂得軟土深掘的壞孩子，所以我大概能理解這種想盡力幫孩子圓夢的浪漫。

初雪過後的三天，他們退房了。離開前，她說他們買了聖誕樹跟壁紙貼在房間的牆壁上，不然房間沒有聖誕氣氛。我嚇一跳，畢竟壁紙連我都不知道要去哪裡買，她又回：「不是啦。是那種包禮物的包裝紙。」

阿姨下午去打掃時，把房間照片傳給我，真的只是包裝紙而已，兩大張貼在牆上，很好處理，撕掉後用除膠的塗一塗就好。

「但是廁所跟衣帽間都有！」後來阿姨又打來說。

「那就都撕掉就好！」突然覺得阿姨到底有什麼問題？

問題來了，因為阿姨把包裝紙撕開後，才發現牆面被用簽字筆畫了大概整個侏羅紀公園！不明生物、恐龍、草、樹、鯊魚、怪獸、疑似媽媽的人，會畫的都畫在牆上，就像幼稚園的成果發表會，主題很豐富，但一把點燃我的怒火！

我打電話給那位媽媽，先跟她確認狀況，同時跟她索賠。她很憤怒地說：「我一開始已經給妳十萬了！做人不要貪財，我們家庭教育是比較自由式那種，不像你們韓國人！」

首先，我是台灣人。然後，我覺得妳比較適合諜式——諜對諜的諜。

索賠成功，結案！

寵物友善

疫情期間生意真的太差，加上疫情開始前我養了麒麟（一隻博美），所以想要嘗試看看寵物友善這個選項。跟沒有養寵物的合夥人們討論了一下，也問過打掃阿姨的意見，全員通過，於是二〇二二年的春天，我們正式開放寵物入住。

韓國大環境對寵物很不友善，所以申請的第一組客人還受寵若驚地多次確認：「請問是真的可以帶我們小狗狗（멍멍이）嗎？」

韓文有幾種指稱狗的詞彙，개指的是大狗、강아지是小狗，而멍멍이、댕댕이比較像小狗勾～那種帶點撒嬌的口氣。一看到她用小狗勾稱呼，我們就馬上同意入住申請，我也暗自祈禱是小博美，能幫麒麟在韓國交個朋友。

入住的那天，沒有看到小狗勾，只有一隻站立起來大概有一百三十公分高的羅威那。

秉持著人生座右銘「有問題的都是人類」，我想，是我不好，沒有問清楚，世界上一定也有覺得「馮迪索很卡哇伊」的人，羅威那在媽媽的眼裡，是小狗勾沒錯！

之後，寵物入住須知更新了一條：體重不超過四十公斤。（其實真的超寬鬆了！）

新法上路後，都是中、小型犬入住，也有三十九公斤的黃金獵犬壓線過關，主人一臉得意：「還是你們要看？為了來住，這個禮拜認真減肥了，早餐也沒有吃，可能剩三十八公斤而已！」

一切都很平和，也認識了很可愛的狗狗，雖然偶爾會有些屎尿殘留跟地墊被咬爛的狀況發生，但請容我再說一次：「有問題的都是人類。」

有次有對從蔚山來的姊妹，拉著一台好市多也有賣的露營推車，上面居然載了八隻小型犬。雖然因為心虛而不敢跟我對到眼，但她們還是很義正嚴辭地說：「牠們加起來不到四十公斤！」

看著她們就好像看到自己，總是用「牠很乖」說服別人接納在袋子裡一邊狂吠一邊撕咬玩具的麒麟。這是監護人的愛，我懂。雖然懂，但在浴缸裡發現八隻狗的狗毛後，我們又更新了寵物入住須知：僅限一隻狗，體重不超過四十公斤。

不知道是不是改成僅限一隻狗的關係，突然之間，寵物入住的數量減少了，隔了一陣子，才有從一對從大田來的小情侶申請。

他們兩人帶著一個行李箱跟一個後背包，沒有意外的話，後背包裡裝的應該是寵物。怕狗狗太熱，我貼心地跟他們說：「可以先放出來在房源裡吹冷氣。」

女生好奇地看著我：「妳不怕嗎？」

「不會，我很喜歡狗，也有養狗。」

她含蓄地笑了一下，小聲說：「喔，但牠們是蛇。」

甚至是們，兩條。

寵物友善就這樣在各種條文修正，與最終決定不物種歧視的狀況下，關閉了！

過度腦補的文明病

入住的是一對中國夫婦跟兩個女兒，由於每個房源各限定兩人入住，他們分別選了不一樣的房源。基本上都由女兒跟我們溝通，她沒有什麼特別的問題，也很少傳訊息給我們。入住前傳了大門密碼給他們後，下次聯絡就是退房後的隔天，這家人已經回到中國，卻有東西沒帶走。

女兒說，父母的房源裡有一個白色小花罐子，放在床頭附近，但確切的位置已經忘記，請我們幫忙找找看，並也希望協助寄回。

打掃阿姨最後在床下找到那個罐子，交給我。罐子設計很別致，有點重，運費加上報關費總共九萬八千韓圜。她們很爽快地答應了，由於國際匯款不方便，我們請他們刷卡付款，他們也願意多付一點手續費和包材費，請我們好好包裝。

我們把多層氣泡紙與防衝撞的乖乖一起裝進厚實的紙箱，一切準備妥當後就寄出。不到二十四小時，居然收到官方拒絕受理出口申請的通知，理由是「虛假申報，物品檢測出動物成分」。

不就是一個花瓶，有什麼動物成分？該不會是象牙花瓶吧？想到自己可能面臨走私的牢獄之災，我當下還先看了機票跟引渡條款，準備苗頭不對的話，明天就要馬上逃回台灣。總不能被關在韓國吧？

沒多久，又收到關務局來信：「初步推定是動物遺骸，請提交說明。」我真的要訂機票了！

在展開國際大逃亡前，還是想為了自己的清白做點努力，所以傳了訊息問女兒，為什麼花瓶裡會有動物成分？

結果，她不僅一點歉意都沒有，反而還有點不悅：「你們怎麼打開了呢！那是我奶奶，我們都是這樣帶著她旅遊的。」

沒有象牙、沒有花瓶，也不是被陷害走私的橋段，是孝順的一家人帶著奶奶環遊世界的故事。

攝影：Ami 王芊琪

輯三 。

眾生見證者

昏倒的整型妹

入住的是一個杭州女生，清秀安靜又很有禮貌。見面後，她問我：「可不可以當我的緊急聯絡人？因為我明天有預約削骨。」

「妳居然一個人來削骨！」我回，她沒有再多說什麼。

因為之前曾有過一個削骨的房客在房裡待了十三天，用堆疊的垃圾與血淋淋的繃帶養出一大堆蒼蠅與一整桶蛆，為了房源的衛生，我再三確定，她是不是削骨當天就會回來了？

雖然拒當緊急聯絡人，但我還是時刻注意著電話，因為「被拒絕」跟「意識到被拒絕」，在中國客人的世界裡，完全是兩件事！還好，沒有任何電話打來。

幾天後的凌晨三點，樓下九十歲的房東陸續打了五通電話，直到早上七點，合夥人才接到。她大抱怨：「你們水龍頭又漏水，整個晚上沒有停！」

其實每次接到這種電話，都很想回她：「妳租給我們的老房子問題很多，水龍頭沒有關緊就會滴水，排水又很差，滴水會變成積水，嚴重的時候還會變成樓下淹水！這難道是我們的問題嗎？」但也只能想想而已，因為擁有一整排房子的他們，肯定是不缺我們這組房客。

掛掉電話後，我們嘗試聯絡了客人很多次，但她都沒有接，礙於合夥人是男生，只好請打掃阿姨過去查看狀況。早上九點，阿姨抵達後，發現那個女生在浴室裡昏倒了，便緊急關掉水龍頭，並報警送醫。

「我還以為她自殺了！」阿姨事後形容，地上有一綑她換下的血繃帶，整個臉上都是血，傷口看起來全部泡爛了。血水夾雜熱水一起悶著，整個浴室一打開都是瀰漫著血腥味的水蒸氣。

由於她在韓國沒有家人，阿姨只能向醫院留下自己的資料。當天晚上，她醒了，醫院通知我們，我們就前去探望。

她的狀態看起來很糟，也拒絕我們幫她聯絡在中國的親友，她說大家不知道她來整型，也不想讓父母擔心。聽起來雖然冰冷，但也合理，畢竟身體髮膚受之父母，很多爸媽聽到孩子整型到昏倒的消息，應該也會跟著昏倒。

我們留下她一人，先離開了；沒想到隔天一早，換她離開！醫護向我們通報病人失蹤，但接到電話的我們也無可奈何。過了半年，收到協尋通知，才知道她根本沒離境，已經成為失蹤人口。

中國東北的朝鮮族，因為語言上的優勢，經常透過不一樣的管道進入韓國後，在同鄉的庇護下，過著偷渡生活。韓國的仁川、釜山等地都有規模很大的中國城，踏進牌坊後，猶如置身中國的街坊小巷，有餐廳、娛樂、美容、貿易、借貸公司……等等，數以萬計的中國人賴以為生的一條龍產業。雖然後期也滋生出許多地下匯兌與非法事宜，但這幾年經過整肅後，也成為韓國年輕人週末喜歡的郊遊熱點。

日本男子

房源門口站了一位外型乾淨俐落、穿搭簡潔的男子，散發不用說就能讀出的日系氛圍。我遠遠地向他揮手點頭，說出服務業一定要會的萬國「你好嗎」，跟韓星世界巡迴時，都要用當地語言打招呼一樣，殊不知粉絲們都韓文流利，殊不知我講英文應該更好聽。他選擇用「Hi, how are you?」回應我的「Konichiwa」，不知是因為熱情、同理心，還是我的日語發音真的慘不忍睹。

深邃的外型解釋了一切，美、日混血的他年輕時在韓國工作，不僅日文、英文流利，連韓文都非常上手。被我稱讚後，他靦腆地笑一笑：「都忘記了！」素黑、深灰的多層次穿搭，讓手提行李上那顆迷你的彩虹旗別針，顯得特別醒目。

在我還不確定那代表的究竟是「我是同志」還是「同志友善」時，安頓好行李的他沒頭沒尾地說了句：「梨泰院的文化，好像比較年輕一點。」

緊鄰著美軍基地的梨泰院有很多美式酒吧、餐廳，許多西方旅客比起弘大更喜歡這裡，讓周邊的夜生活風格變得非常年輕。跟他解釋了一下歷史淵源後，才知道他說的，原來是「同志文化」。

梨泰院著名的除了美式文化外，還有同志酒吧聚集的「彩虹坡」，極盛時期，不到兩百公尺的坡上有超過十五家店，週末總是滿滿人潮。那邊的店家都會直接把大門打開，讓各式風格的音樂流竄在炙熱的眼光間。我去過幾次，酒很難喝、音樂很大聲、常常跟朋友走散，但那些令人焦躁的夜晚，在經過疫情與梨泰院踩踏事件[8]後，都只能回憶了。目前坡上剩下兩家店，門可羅雀，上次去喝了一杯琴湯尼，哇，還是一樣不長進，也不容易。

他沒有出櫃，幾個月就會來韓國一次，前男友是韓國人，目前在鐘路（歷史悠久的同志區）開酒吧。他約我們晚上一起喝酒，那是我第一次去鐘路同志酒吧，很安靜，裡面的人也都內斂許多，不會拉著陌生人熱舞，也不會一起跳aespa[9]的排舞，雙雙成對，各自壓著聲音聊天。他們大部分是時代道德枷鎖的犧牲者，有些人因為宗教，在懵懂中覺得自己被惡魔附身，有些人則礙於家庭的壓力而無法出櫃，只能選擇娶妻生子，過著大眾認為的「正常」生活。

酒吧老闆也是。當年的他不敢面對社會壓力，選擇與日本房客分手，婚後兩人繼續當朋友。酒吧裡昏暗的燈光，讓壓抑的氣氛更加強烈，他們牽著手無話不談，偶爾摸摸對方的臉、撥撥頭髮，或是親暱地抱著彼此，從工作聊到家人，也不避諱談及老闆的太太。夾雜著甜蜜的悲傷，讓思緒更複雜。

把這樣的故事投射在自己身上，就突然有點心疼酒吧老闆的太太。被傳統綁架的最大受害者，其實應該是她吧！尤其在韓國社會，家庭裡的女性有各種壓力，公婆、婦道、生育……等等，只能暗自祈禱老婆是走在時代尖端，想要獨自生活的有才女子，不過是找一個人假結婚罷了！

---

8 二〇二二年十月二十九日發生的嚴重公眾事故，總共造成一百五十九人死亡、一百九十六人受傷。

9 SM娛樂公司旗下的女子偶像團體。

離開酒吧後，我們跟著日本房客到一家他熟悉的日式居酒屋吃宵夜，他點的不只是店內招牌，還有他們的回憶。因為混血外型，在日本長大的他，求學路上都被排擠，大學畢業後選擇外派到南韓工作，卻因為歷史情結與韓國人排外的性格，在韓國的前幾年也沒有什麼朋友，直到酒吧老闆出現。雖然是同間公司的前後輩，但其實同年的他們，一下就走得很近。酒吧老闆溫暖的個性非常吸引他，「不是一下子就愛上了，是慢慢地……」我們能理解，同性感情在那個年代，即使沒遇到外力反對，自己也會產生莫名的防禦機制。總之，他們兩個人走得很慢，但走得很穩。

一直到酒吧老闆跟他說，自己要結婚了，關係必須停止。他沒有像電影裡演的那樣崩潰、憤怒，只是很平淡地接受了，他自認這個部分真的非常日本。我問他，這跟童年被排擠的經歷有關係嗎？覺得自己什麼都必須接受、什麼都必須讓步。

「我沒有覺得我讓出什麼，也不生氣。有時候啊，妳知道那種感覺……大概就像看電影一樣，已經知道結局，卻還是會想看完整部電影。」

半地下室大叔

「半地下室」是從外面看起來只能看到排氣窗的房型，由於採光不好、通風不佳的關係，在租屋市場中的價格很便宜。因為高度低於地面，在潮濕或是多雨的國家非常罕見，我的記憶裡，只有小學那濕冷的桌球教室是這樣的格局，現在說到桌球，都還能想起那濃郁的霉味。因為韓國氣候乾燥、雨季短的關係，很多住在首都圈、收入不穩定的家庭，都會選擇半地下室房型。如果還是很疑惑，可以參考電影《寄生上流》裡，主角一家人的家。

房源二樓下的半地下室，就住了一個獨居的司機大叔。六十幾歲的他外型有點嚴肅，很安靜，卻很樂於助人，偶爾會幫住客分類垃圾、偶爾會幫我們清理積雪、偶爾會幫我們收包裹、偶爾會給我幾張超市啤酒三罐三千的折價券，偶爾遇到我、寶劍或合夥人，會問我們什麼時候要結婚？

三位合夥人中的其中一位已婚合夥人有一次跟他開玩笑，說自己已經結了，下一個換他了；結果他只是揮一揮手，說年輕的時候沒學好，娶不到老婆，現在誰想跟他一起吃苦？追問詳細的故事，他說：「都過去了！」

某個週日，我們請他載我們去首爾站搭KTX[10]。搭上車後，他

10 全名Korea Train eXpress，韓國高鐵。

問，可以先繞去附近的教堂嗎？我們沒有趕時間，多繞一小段路也無所謂。

到了教會的十字路口，他搖下車窗，跟站在路口發放食物的志工拿了紅豆麵包跟一顆蛋。「吃飯、吃麵、吃肉都是一餐，這樣吃也是一餐。」

他常常早出晚歸，鄰居知道他生活不好過，又是一個男子獨居，都會把小菜或一些燉湯分給他。在一個老社區裡開民宿，雖然會常常被長輩刁難，但也是這裡才能感受到首都圈難得的人情味。

車費是九千七百韓圜，因為繞路的關係，他只刷了八千。我們堅持補現金給他，但他說：「沒關係！我今天已經多一餐了！」很親切但總是有距離的他，又這樣跟我們多相處了一段時間。

冬天的午後，房東來電問我們想不想要把半地下室也頂下來，我們才發現司機大叔因為欠了四個月的房租，已經默默搬離那間押金兩百萬、月租三十五萬韓圜的半地下室。因為價格真的太便宜，加上不管是拿來當倉庫，或是變成能體驗《寄生上流》的房源感覺都很不錯，我們就頂下那間房了。

大家討論了一下，覺得可以聯絡他回來打工換宿，除了能經營房客接送機的服務外，他也很會整理環境，其他細節可以再討論，主要是希望他願意回來。想好之後，我們嘗試與他聯絡，結果電話已經變成空號……

很多不好的想法瞬間填滿腦細胞，本想請託寶劍的叔叔們幫忙找這個人，但基本費用是兩千萬韓圜，評估後發現自己好像也沒有善良成這樣？

「都已經是知天命的年紀，希望他不管怎麼決定都順利。」成熟的合夥人為這個討論下了完美的句點。

沒有放棄的是鄰居大嬸。雖然每天都在罵他沒用、挖苦他單身沒飯吃，但聽到他電話變成空號時，最擔心的也是她，礙於面子，大嬸沒有跟我們說，她跑去報警了。事情過了好久，久到我們逐漸忘記，都是遇到她才會想起來，「你們有他的消息嗎？」「就算死，也要找到屍體吧！」那種嘴巴很硬但心很軟的提醒法。

「夏天啊！」某天，正要去倉庫拿露營用具的我，突然被阿姨喊住。

「警察找到他了，」我一時反應不過來，誰？最近有什麼社會新聞嗎？「那個開計程車的！」喔！好敬佩她這種不放棄的精神。總之，我先讚美她的消息靈通，雖然已經不在意很久了，但現在好奇之火又再度被點燃。

「他被關了，在看守所裡。」這是什麼大反轉？

原來，大叔從年輕就沉迷賭博。他說「年輕沒學好」時，我們以為他是開玩笑的，沒想到年紀大了也沒學好。首爾開計程車的收入其實不算低，吃東西很隨便、生活開銷也不算大的他，卻總是辛苦地早出晚歸，竟然不是在車上為生活奔波，而是在賭場裡逍遙。

他退掉了房子、賣了手機還債，最後在警方掃蕩非法賭博時被抓。我到現在，都還記得他拿紅豆麵包，轉過來跟我們說「這樣也是一餐」時，那憨厚的臉。

巫當媽媽（上）

在大韓民國的歷史裡，有一段很悲傷的故事。二戰後，因為國家陷入前所未有的窮困，許多家庭因此把孩子送養，而孤兒院接手這些嬰兒後，通常會透過教會送往美國家庭，希望孩子可以在更好的環境成長。當時造成的家庭破裂，與之後衍伸出的許多社會問題，包括人口販運等等，都是在這樣的時代背景下產生。

這次入住的，是一個回來尋親的美國男子，年紀不大，算是送養潮的末代。他出生沒多久後就被美國夫妻收養，因為從外表不難分辨，所以他幾乎是從有意識的時候，就知道自己是被領養的。

幾年前，他告別養父母，回到韓國發展。他開玩笑地說，亞洲人勤學的基因是不會騙人的，拿著名校的文憑與（當然）優秀的英文程度，才回來不到一個月，就順利地在令人稱羨的大企業就職。

「但這跟我想的不一樣。我原本想說來韓國一邊找工作、一邊找父母，慢慢變熟悉，等到工作穩定之後，說不定我們可以一起生活！但想不到，找工作比找父母更容易。」

雖然拿著出生證明與當年領養時的文書資料，但那個年代鄉下的文件開立總是很隨心所欲，生母的生日與名字在戶籍系統裡查無此人，地址就更不用說了，人事已非。後來，靠著領養系統與教會的幫助下，他才終於找到了住在南楊州的媽媽。

我問他，第一次見面時有哭出來嗎？他說：「沒有，太詭異了！」拿著媽媽目前登記的戶籍地一路往山區開去，他形容的荒涼已經超出我對韓國的認知，甚至在平地停好車之後，還要走一段小小的山路。

「妳猜，我媽看到我的第一句話是什麼？」

「你好，請問你是誰？不然呢！」超討厭故事聽到一半，突然變成猜燈謎，只好隨便敷衍地回答他。

「我媽第一句話是：『你怎麼會來？』」一聽就知道是認錯人了！我翻了個超級大白眼。

「我知道妳的意思，但她真的知道我是她兒子。」他很堅定地看著我。

這世界無法解釋的事情有很多，靈異、鬼怪、外星人等等，而當下我無法解釋的，是「血濃於水」。他拿出自己媽媽的照片給我看，照片中的女子長相清秀、頭髮梳得很乾淨、皮膚白皙，還有纖瘦的身材，想必在山裡生活很難變胖。房子倒是沒有他說的荒涼，外面還是有可以停車的水泥地，但真的是山中的獨棟平房。

特別的是，門口貼了一些類似符咒的東西。我放大看了一下，跟很多韓國人家門口會貼的那種白底黑字的「立春大吉」不一樣。除此之外，建築物左邊還有一排排的五方旗。

我看懂了，也終於知道眼前這個男生想要炫耀什麼。

「你媽是巫當！」

「對！所以她已經知道，我會回來找她。」

接著，他興奮地分享跟媽媽見面的一切，媽媽煮的飯、媽媽住的地方、媽媽的工作……看著他開心的樣子，那句卡在我喉嚨裡的話，一直問不出口。算了！看到他現在的成就，也許當時送養真的是最好的決定。

比起他的激動，他說媽媽一直都很淡定，也不好奇他三十幾年來都過得怎麼樣？現在好嗎？在哪裡工作？甚至一直到他離開時，都沒有問過他的聯絡方式。聽到這突如其來的轉折，我只能勸他，可能因為你媽能洞悉未來，才把母子相逢時應有的激動提早吸收了，也許早上已經激動完一輪了！而且，她想看到你的話，應該隨時都可以讓靈魂飛去你身邊吧？（抱歉！為了勸他想開，我言語中融入了一些《哈利波特》速速前的魔法咒語。）

「她陪我去開車的時候跟我說，很謝謝我還記得她，但我們不是那種可以簡單吃個飯的母子，要我好好對養父母，他們都很疼我，如果沒有特別的事，之後少聯絡比較好。」

就停在這裡嗎？我沒有說話，主要是不知道要說什麼，才能讓一個千里尋母，為此還犧牲週末去學韓文的人好過一點。我只希望，他現在有點泛紅的眼眶，是因為天氣太冷或是暖氣太乾造成。

「但她說得也沒錯。之後，我除了天氣變冷、過年過節時會想到她之外，每週通話的人還是養母。我可能只是想解開心中的謎吧！」好貼心的人，心疼我已經尷尬到要暈過去，出手相救。

在這之後，我們一直保持聯絡，偶爾會一起吃飯、喝咖啡、踏青，最常請他員購三折家電，相知相惜。

北韓男孩

十七歲那年，因為十年兵役在即，即使自己可能面臨勞改或是刑責，父母也決定拿出畢生的積蓄送走他。行動前的一個月，他們聯絡上可以透過特殊管道進出中國的掮客，相約深夜在集合點會合。同行的還有兩個陌生人，是一對父女。

往鴨綠江前進的時候，一行人即便已經小心翼翼，還是被巡守邊界的士兵發現了。掮客熟練地擺出投降的姿勢，就像是走進飲料店點大杯珍奶少冰微糖一樣，問他們想要美金還是人民幣？

順利突破了第一關後，迎接他們的，是更艱難的渡河。北韓人民基本上不會游泳，學校跟父母沒有教、平常也沒有用到的機會，誰知道會有站在代表死亡的江水旁，等待自由的一天呢？

同行的女孩跟爸爸說，她太害怕，想要回家了！不管爸爸和掮客如何勸說，她都拒絕，而房客只想要快點下水，「我其實也不會游，但還能多糟？不就是死！」爸爸提議由自己背著女兒，卻被掮客拒絕，畢竟只要浮出水面，一行人就隨時有被槍殺的可能，剛剛收錢的是巡邏士兵，跟邊界士兵是不一樣的！

一行人在河邊待太久，果真被邊界士兵發現，他們馬上對旁邊的草叢開了三槍，警告他們盡快撤回！掮客把最靠近水邊的女孩先推入河裡，自己也隨之下水、提著她的衣領前進，並回頭用手勢叫他們快一點跟上。

士兵看著他們入水，開了第二次槍，這一次不是往草叢，而是往他們身上。房客幸運地躲過子彈，但女孩的爸爸卻再也沒有辦法過江。血流不止的他緊抓著房客的上衣，房客把身體壓低，向他爬近，用力扳開他的手指，讓自己可以順利逃脫，也從他外套裡拿走他所有的錢，「到那邊我會照顧你女兒！」

槍聲沒有再響起。他慢慢地向河邊匍匐前進，另外兩個人已經到了河中間。到現在都還不會游泳的他，邊笑著邊說，「當時真的是動物本能，我到現在都不知道自己怎麼上岸的，就看著對面，想辦法一直喝水、一直踢水……」

爬上岸後，他看到掮客坐在岸上，女孩則背對著他側躺，兩個人已經待了好一陣子。

「走吧！沒時間休息了，就剩你一個，她死了。」掮客到了中國那側才發現，原來她在途中已經溺斃。

他說，當時他嚇壞了：「我那時候十七歲，家境不算差，有人說在北韓路邊會看到餓死的人或犯法被槍殺的人，但我從來沒有看過，當天是第一次。」

後來他們把溺死的女生放在河邊，掮客帶他穿越中國邊界，抵達某間旅館，說只需要等一到兩天，他就可以直接跑進南韓大使館尋求庇護。結果，這一等就是一個月，掮客用各種理由推託，也一直跟他要錢，住宿費、餐費、打聽費、疏通費……

加上從沒機會過江的爸爸身上拿到的錢，他身上只剩下約兩百美金。退無可退，決定趁掮客外出，自己出去闖闖看！

涉世未深的他沒有算到的是，韓國領事館跟美、日等國一樣，皆位於大使館區，附近公安巡邏非常嚴謹。同時，這個區域也有熱鬧的酒吧一條街，街上很多逛街的年輕時髦男女。他的穿著格格不入，行為又鬼鬼祟祟，立刻吸引了公安的注意，人生地不熟的他，馬上就被圍捕。

進到拘留所，公安拍了照、問了些問題後，他就被關起來了。這期間，他考慮過要不要自殺，因為被抓到的結局就是送回北韓處死，與其在父母面前被槍斃，不如死在這裡還比較好。結果，還來不及決定要咬舌還是用鞋帶上吊，第二天深夜，那個掮客出現。原來他早就收買警方，所以被公安通知來領人。

用一筆錢帶走他之後，掮客拿走剩下的兩百美金，跟他說，他不是收了錢不辦事的人，要不是自己的孩子生病，不然他也不會賺這種賣命錢，希望他相信自己，才能一起把事情處理好。選在深夜來接他，是因為他們要一路從遼寧開車到雲南，再經由一千八百八十公里的昆曼公路，穿過寮國、直達曼谷。雖然放棄了比較近的韓國大使館，但這條遠路一次就會成功。

「當下，我真的覺得我很幸運，遇到了很好的掮客。」

相信掮客所言，他先被帶回旅館拿東西，畢竟要開三天車。沒想到，等他準備好、打開房門後，迎接他的，卻是掮客的同夥。

在北韓是讀書人的他手無縛雞之力，一陣扭打後，馬上就被兩個男子制伏帶走，前後過程不到十分鐘。讓他心涼的是，經過旅館的櫃檯時，視而不見的前台女子，就是之前幫助他逃出的人。

帶走他的人是中國的朝鮮族，即使語調與用字有些微不同，但對話他都聽得懂。他們原訂的計畫是把他交給另外一組人，等了一整天之後，對方反悔沒有來面交，因此又被拖到另外一個工廠等待買家。前前後後，他總共被轉手三次，受到各種暴打與虐待，新舊傷口佈滿全身。

「那時候想說，如果在渡江前就被槍殺，會不會比較好過？」

從不想死在父母面前，到連江都不想渡，我聽著他雲淡風輕地講出那些從皮肉痛到心臟的事，與那些越來越渺小、距離越來越遠的夢。

第三手的人一直在尋找買家，被監禁的日子已經多到數不出來。每天起床發現自己還有呼吸就很遺憾，一直到聽到他們說：「明天再不行，就切吧！」心中才突然有點開朗，以目前的狀況來說，即便痛苦地死，也是幸福的事。

「最近抓得嚴，醫院那邊沒有消息。」一開始以為要殺他，後來才知道原來是器官買賣。

過了幾天後，他落在另外一個掮客手上。這個人跟帶他過來的人不一樣，事業規模比較大，除了偷渡，也做轉帳匯兌、人口買賣、器官仲介⋯⋯等等。他被帶到一個外型亮眼的大樓，在那邊度過了幾天，他們幫他換了衣服、也提供很好的伙食。

「走到這裡，我已經不相信人了！一邊吃飯一邊想，到底下一站是哪？」

之後，他被帶到郊區一棟內部環境髒亂的三樓透天厝。走到地下室，他不敢相信眼前的景色，一路走來，以為自己已看過很多地獄，沒想到真正的地獄原來長這樣！

昏暗的走廊上有幾個大型鐵籠，走近才發現，裡面關的不是狗，是人。沿著走廊旁有一些房間，裡面也有像狗一樣被鏈著的人，脖子上戴著沉重的金屬項圈，鏈條的另一端是地板上的金屬大環扣，目的是確保他們的活動範圍在監視範圍內。

他被分配到的房間，除了他之外還有三個北韓人，一天趴著吃一餐，沒有餐具只能用手抓，上廁所也必須原地解決。不到五坪的空間，有人、有血、有屎尿，還有他們睡覺的床墊，他在這裡工作了兩年多，從一開始的驚恐到後期已能平淡面對，二十幾歲的他述說著自己那些年生活的地獄。

他的工作範圍很廣，協助詐欺或拐騙北韓人來，「我後來可能得了斯德哥爾摩症候群，覺得這樣生活也很好。為了有更好的待遇，我會檢舉那些人偷懶或想逃走，後來因此換了獨居房，也不用被銬著。也看過很多被帶走就再也沒回來過、當下就被打死的人，一開始很怕，也有罪惡感，後來覺得不是自己就好。」

在一次當地的肅清行動中，他們的基地被掃蕩，他跟著老闆一起逃竄到韓國領事館附近，等了一整天。隔天早上，有人陸續上班時，他終於抓住了這個等了兩年的機會。

逃亡結束。

中國阿姨

有些房客喜歡在訂房系統留下超多訊息，我就是這樣得知她來自湖北宜昌，人生第一次出國，今年五十八歲，透過女兒學會訂房，原本女兒要幫她訂，但她喜歡學東西！這次要來韓國轉機，下一站是美國。雖然知道系統裡有一個備註欄，但這種鉅細靡遺到關我什麼事的備註，真的是第一次收到。

文章的第二段——對，甚至有兩段！她說自己人生地不熟，也不會說韓語，如果多付我們十萬韓圜，可不可以去機場接她？當然是可以。

當天，看在十萬韓圜的份上，我開啟E人模式，提早三十分鐘在仁川機場迎接穿著華麗、個性也很熱情的她。從接機到等司機來的十五分鐘裡，她不間斷地說話，讓我放空到一上車就想睡。

「太好了，帶一些菜，沒被抓到。」這一句話笑點太高，果然是中國人啊！

我本來都準備好，她認出我的台灣口音之後，如果說：「太好了！是一家人！」就要給她一記過肩摔；沒想到她居然說：「台灣好，免得跟我們一樣，到處逃。」

據說要有出國紀錄，才比較容易成功入境美國，於是想去美國找女兒的她，就先飛到韓國轉機。幾年前，她花了九萬美金偷渡女兒，現在換自己試試看，她說方式很多，但過程舒服點的要十五萬，不然，就要先去南美洲，再轉到墨西哥，「我年紀大了，吃不了這種苦！」

雖然嗓門很大，但從舉手投足與穿著都看得出來，她不是一般中國大媽。我好奇地問，她哪來的錢？她笑著說：「我年輕漂亮，挺能賺錢的！」

我一臉震撼，不是說她不漂亮，而是這讓我直覺想到了聲色場所的小姐。生意要多好，才可以拿出一千多萬台幣偷渡？

她連忙說，跟我開玩笑的！她跟了一個地方官好幾十年，雖然沒結婚，但地方官大方，房子給了好幾套，也有現金、珠寶，她趁著東西價值好的時候都賣一賣，跟著女兒一起離開。至於地方官的錢從哪來，我就不打開這個潘朵拉盒子了！

抵達房源，介紹完內部設施及冷暖氣，準備要離開時，她塞給我五萬韓圜，「美女，這個妳收下，年輕人賺錢不容易。」

想到她之後會面臨的顛簸，我狠下心拒絕了，但她很堅持：「收著，我賺錢容易！」

想想也是，我弱弱地收下，扎實抓緊。畢竟拿人手短，我跟她說如果有任何需要翻譯的地方，或是想吃好料的，都可以問我。

「但因為我沒有微信，妳有LINE嗎？」試探性地問她。

「微信早刪了！LINE的話，妳教我加入一下吧！」沒想到她的決心如此堅定。

五天後，叫車送她去機場前，因為收了小費，也因為想再看看她，我抵達房源。一問之下，才知道她哪都沒去，都待在房裡吃自己帶來的菜跟追劇。

「語言要勤學！多看多聽啊！」她看了好多美劇，希望一去就可以融入生活。

我問她怎麼都沒有出門？她說：「沒事，出門花錢嘛。」內心的劇場上演了各種版本，猶豫之下，還是決定將那五萬還給她。她依舊堅持不收，行李上車後，她過來握著我的手說：「謝謝妳啊！等台灣獨立，再去找妳玩啊。」

房源接待過很多中國人，有髒亂的、愛乾淨的、懂事的、反骨的、善良的，也有跟垃圾一樣的騙子，但她是最特別的。願她一切順利。

台積電兒子

房源三附近新落成一家咖啡店，開幕前，老闆按照習俗來送年糕，家家戶戶都收到了白胖年糕跟咖啡店的折價券！他白淨瘦高、氣質很好，是那種一見面就會讓人想叫歐爸的類型，而附近的阿姨都叫他「糕相青年」，也就是跟年糕一樣有著白淨長相的青年。

店裡的擺設細節很多，雖然很認真經營外在，但一喝咖啡就可以知道，他很外行。

我沒有跟他討論過為什麼咖啡這麼難喝，但每次整理房源時經過店面，那滿滿的人潮，簡直是粉絲見面會！他只要有空，都會請我和附近的鄰居喝咖啡，逐漸地，我也因為不好意思，偶爾會去捧場，或推薦房客拿折價券去看帥哥。

有一天，他驚喜發現我是台灣人，沒有誇張，那個開心程度，已經讓我懷疑是不是想要入籍台灣？他問了很多問題，也開始熱絡約我吃飯、喝酒，雖然不是曖昧的約會，但已經頻繁到單純的社區開始出現阿姨們的流言蜚語。

另外，有一件事也非常奇怪。每個月我回台灣前，他都會給我五十萬韓圜，偶爾身上沒現金，還會直接給我信用卡，請我買鳳梨酥、牛軋糖餅、有肉的泡麵、牙膏、鼎泰豐、台啤……等等，反正韓國人風靡的東西，他都喜歡！每個月都買，我真的很好奇，是有多喜歡台灣，才能吃不膩？

「你最喜歡吃什麼？」有一次，我終於忍不住問他，才解開了這個世紀之謎。

他是首爾大學畢業生，因為父母希望他能繼續念研究所，於是透過各種有力人士，協助將他的兵役年齡往後延長。就讀研究所前，也透過關係，得到在三星電子實習一年的機會。

他的人生藍圖，原本是實習、研究所、替代役，退伍後直接進入三星集團。無奈，工作壓力太大，加上辦公室氛圍低迷，讓他實在承受不住，加上一直都有開咖啡店的夢，一年後，他便決定勇敢地離開那個人人稱羡的三星企業。

帶著身上存下的錢，加上從父母那裡拐來的現金，離職後，他距離開咖啡店只有一步之遙；但那一步，也是最難的一步：面對嚴格的父母。

他想了很多理由，最後還是沒有勇氣開口，只能騙他們說，自己考慮過職涯規畫與未來世界發展後，想要學習中文，所以申請到台灣的半導體公司實習，也已經通過了。

父母都是高知識份子，當然知道台積電是多厲害的公司，也很開心兒子終於有能力安排自己的未來，不用再讓他們擔心。外派前，還特地抽空全家一起吃飯。

聽到這裡，突然有點感傷。他的父母，一個是檢察官、一個是律師，平時忙於公務，很少一家人一起吃飯，當然不會知道孩子喜歡的是什麼、想要的是什麼，也不可能知道，坐在飯桌對面的乖兒子，其實一肚子壞水。

兩老這輩子都想不到，晚餐的隔天，兒子離開束草的家後，直奔的不是仁川機場，而是梨泰院的小山坡！而那些他帶回來的伴手禮，則是他託在梨泰院開民宿的台灣女生，代購的孝親禮物。

只是，再怎麼縝密，都逃不過兵單的追殺。律師母親幫他申請繼續延後兵役時，透過政府回函才發現，原來兒子兩年內都沒出過國門。

晴天霹靂，原地爆炸！生氣事小，切割兒子才是最狠的。事件爆發後不到兩週，他不僅被掃地出門，所有的文檔、資料也被即刻註銷。

收到兵役通緝單後，他才意識到父母有多生氣，一陣慌忙地把咖啡店交代給員工及房東後，就跌跌撞撞地出發去當兵了。當然，兩年之內，不可能有人去會面。

我們在疫情後再度見面，他已經順利退伍，那間山坡上的小咖啡店，也變成龍山區的連鎖品牌，從一家店擴展到四家店。即使日進斗金，卻再也沒有跟家人聯繫過！甚至連從小就跟他感情超好的姊姊結婚，他也沒有被邀請。

他說，這是他唯一難過的事。他跟姊姊從小已經排練過無數次，結婚典禮上，身為弟弟的他，要說什麼來嚇阻姊夫與新家人欺負姊姊，卻再也沒有機會說。

「但我父母就是這樣！我習慣了，他們有他們的選擇，我也有我的。」

截至文章完成的二〇二四年，他們依舊還沒有聯絡。

攝影：Ami 王芊琪

輯四

。

不可不信

宇宙的神秘力量

◦◦◦Case 1

梨泰院踩踏事件後，房源三有一陣子都沒人住。那時，我們跟寶劍討論，可不可以暫時不支付他薪資，用打工換宿的方式代替？他很爽快地答應了，所以，我跟合夥人住在二樓，他便一個人搬進了三樓。

那天晚上，合夥人回去跟媽媽吃飯，我跟寶劍則去看了電影，回到家大概十一點，在韓國是那種現在結束有點可惜的時間，於是又決定在我家喝啤酒、吃炸雞，然後再看一部電影。就這樣，我負責叫外送，他則抓緊時間回樓上拿酒。

鬼片看到一半，壓在我屁股下的電話響了。我看了一下，是他打的。

「你按到電話了！」

「什麼意思？」

「你打給我！」

「但我手機在樓上充電。」

看鬼片開這種玩笑，就是他會做的事。我叫他不要再鬧，很白痴。他為了證明手機真的不在自己身上，站起來跳來跳去，好！真的沒有。我試圖說服自己，那就是電線短路（？），雖然根本不知道哪來的電線。

我按了暫停，叫他回家，我不想看了！但又有點猶豫，那不就剩下我一個人了嗎？確認了合夥人今晚不會回家後，寶劍很認真地說，要聽一件真的很可怕的事嗎？我馬上拒絕，他百分之百準備講一些無聊又低能的故事。

但我那無用的好奇心，還是驅使我們一起到三樓了。結果，他的手機真的放在桌上充電……然後，他拔掉充電線，提議檢查通話紀錄裡有沒有剛剛打給我的紀錄。

就在寶劍拿起手機的那一秒，他的手機響了，是我打的。

「好笑嗎？」他看向我，以為我在開玩笑，殊不知，我的手機螢幕關著，根本沒有撥號。

我心跳超快、手超冰，昏倒前決定拋下他，一鼓作氣地往一樓衝，去轉角的便利商店外面的椅子坐著，道理就跟小時候去完醫院或是靈骨塔後，要去熱鬧人流多的地方逛逛一樣；殊不知凌晨兩點的便利商店，唯一的人流是值班店員。

手機又響了，「妳在哪啊？」這次真的是寶劍打的。

事發後，我再也沒有踏進過房源三。後來，我跟合夥人說，台灣人出生時都會批八字，我阿嬤說我八字很輕，比較容易招陰，因此，我可能要搬離這裡了！他雖然覺得很荒唐，但也可以理解我的害怕。於是，我就搬離二樓，開始獨居生活。

隔了好久，我們又聊到這件事，寶劍說，他真的想不到我會怕到搬家，還好當下沒有跟我說那件超恐怖的事！

他答應換宿、搬進房源三不到一個月的時間裡，過世五年的叔叔已經打給他兩次。雖然看得到電話響，接起來卻沒人說話，也沒有來電紀錄，翻了通訊錄回撥後，才發現是空號。

「所以那天，我才想看看有沒有妳打給我的紀錄，但妳跑走了，我才知道妳是真的很害怕。」

「如果沒有紀錄的話，你把面前的燒酒喝掉。」我的好奇心與膽小，果然是踩在懸崖邊，維持恐怖平衡。

看著他拿起燒酒乾杯的那刻，好慶幸自己搬家了。

。。。Case 2

入住的是一對泰國情侶檔，超級有禮又可愛！我們沒有什麼深入的心理交流，話題都環繞在推薦吃喝的清單。短暫住了一週後，他們就往南邊的大邱市移動了。

抵達大邱當天，他們傳訊息過來，除了謝謝我們之外，還提到有一個綠色麻布的束口袋遺落在房源裡，希望我們可以幫忙寄，因為那對他們來說非常非常重要！

訊息裡大概寫了二十次「I am really sorry」，弄得好像我不幫忙寄的話，就會變成全世界最壞的人。加上我也愛落東落西，這樣的同理心還是有的。

袋子被落在床旁邊很難打開的衣櫃裡，那是我們設計時的大失誤，算錯尺寸，導致兩扇衣櫃門只能半開。透過衣櫃門的小縫隙，我看到被放置在深處的束口袋，卻因為不夠瘦，無法直接擠進去，只能用盡全力挪開扎實的雙人床，把衣櫃門完全打開，順利取出這個稀世珍寶。

袋子很輕，不蓬鬆也沒有彈性，內容物摸起來像是木頭的長條狀物，加上袋子的顏色，我猜可能是高級的泰國薰香。基於隱私，我沒有打開，就直接拿到附近的郵局寄。

郵局人員請我填寫包裹的內容物，我大概說了一下事件始末，並解釋基於情理道德，不方便直接開別人的物品。

「如果不是不好的東西，就沒關係！」郵局人員回。

此時，警匪驚悚片又在我腦中上演。如果裡面是毒品呢？洗錢的金鑰呢？偷拍隨身碟？人類手指？那我不就是共犯？加上大韓民國到處都是監視器，我又跟他們一起進出房源，還在此時寄包裹給他們，要洗清罪名也太難了吧！

想了一下，我還是選擇在現場打開，結果已經隨便輸入寄件內容物是「食品」的公務員，此時反而很為難，一直用各種話術勸退我。我當然更不可能放棄，堅持請他還我包裹，拿到確保監視器看得到的地方，拆解快遞袋，取出綠色麻布束口袋，調節呼吸後，慢慢地打開——結果，內容物嚇到我馬上又把束口袋拉緊！

最初映入眼簾的，是一張道符與他們的結婚照。再勇敢地打開束口袋一次，還看到一塊蛇皮跟兩隻乾掉的壁虎。

我拍下照片傳給泰國情侶，跟他們解釋，郵局人員（其實沒有）強制要我打開包裹，希望這樣突如其來的開光儀式，不會嚇到壁虎或是蛇皮。

「沒關係！那個是助興的，如果妳需要的話也可以跟我們說，下次來再拿給妳。」雖然泰國的法術好像值得信任？但看到兩隻尺寸偏大，乾掉的原型壁虎後，到底還能不能正常行房，我是持保留態度。

我把「食品」畫掉，改成「日常必需品」，順利寄出。

。。。Case 3

入住的是一位來自挪威的韓流粉絲，跟我認知裡塊頭高大的維京人不一樣，她個子很嬌小，輪廓還帶著一點亞洲風情。一問之下才知道，她的家族中帶有一點蒙古血統，雖然已經是好幾代以前的事了，但不知道為何，遺傳到她身上卻很鮮明。她開玩笑說，自己骨子裡流著各種驍勇善戰的血液。

為了節省時間，她提前把所有的追星資訊都查好，包含偶像在哪裡吃過飯、在哪裡拍過照等等，還做了一張豐富的地圖，但希望我可以教她轉乘，因為NAVER MAP[11]的英文介面不太友善。

「要在哪裡認識會講英文的韓國男生？」在我幫她一一標示完轉乘點後，她問。

「這裡，梨泰院。」

「那房源可以帶朋友來嗎？」她馬上筆記下來，又問。

---

11 由於國家安全考量，韓國限制了國外伺服器對國內地圖資訊的儲存及使用權，因此Google Map能取得的資訊有限，取而代之，目前韓國最多人使用的地圖是Naver Map和Kakao Map。

「妳在挪威有韓國朋友？還是在首爾有朋友？」我跟挪威很不熟，不確定那邊有沒有韓國城，但由於自己去秘魯時也吃了很多韓國人開的韓式餐廳，到處都有韓國人這件事，我是相信的。

「都沒有，但我有交友軟體。」她很開朗地回覆。

當然可以，這裡是民宿，不是宿舍！

因為懶得一間間推薦她獨食餐廳，我請她直接追蹤我的社群，上面有分享很多好吃好玩的，從那時候開始，便有一搭沒一搭地聊著。結果，她回挪威沒多久之後，又要回來了！這次，她沒有入住房源，但還是約我一起喝咖啡。

我們約在龍山站附近的餐廳，遠遠地就看到一個很神似她的女生。我愈走愈近，愈看愈相信是她，但不敢相信的是：她懷孕了！

九月初第一次入住，一月底回首爾，不過才短短不到半年的時間，這個攻城掠地的效率，果然是北海小英雄與成吉思汗的後代，才能辦到的耶！

她開心地邀請我們參加她三月底的婚禮，「You guys are the witness.」

巫當媽媽（下）

月初，有個朋友經歷了人生低谷，被男友劈腿、職場後輩升遷變她主管、父母解約從小幫她儲蓄的帳戶，只為了給哥哥結婚⋯⋯壓垮她的最後一根稻草，是租屋詐騙！朋友們每天都怕她自殺，輪流陪她吃飯，一直跟她說這種韓劇般的倒楣，最後一定會迎來華麗又快樂的結局。

「我們不是住在漢南洞嗎？除了斜坡外什麼最多？Young and

Rich！轉彎撞到一個防彈少年團，到時候希望妳不會忘記我們！」
我真的是太會講話了，好佩服我自己。
「但我要搬到南楊州了。」
對，除了太會講話，我也很會忘記，忘記她被詐騙！
「那不然我們去算命，去看看妳的未來。」
我想到尋親男住在南楊州的巫當媽媽[12]，馬上提議。「去南楊州算命」簡直是氣氛救星，大家馬上開始熱烈討論要看感情還是事業，被詐騙的朋友則想知道男友會不會回頭、後輩會不會被離職、哥哥會不會離婚，還有詐騙她的人到底在哪裡！

12 參見輯三〈巫當媽媽（上）〉。

請尋親男給我地址後，我們一群女生開車去南楊州，找到了他曾讓我看過的小屋。阿姨從房子裡面走出來，看起來有點疑惑。她先看著我，又看了我後方，再把視線回到我身上。

還來不及開口，她就先說：「妳不是不相信嗎，怎麼會來？」

從副駕下車的我，知道我身後只有車子沒有人，但還是忍不住側轉往後看了一眼。阿姨又說：「就是說妳，不要往後看！」大家都很疑惑，我也是大家，但，對！我從小就很不相信算命。

每個人一一說明自己來的理由，阿姨看著我，但我什麼都不想問，心中一直盤算是不是應該問一些什麼，她才不會覺得我無視她，還是問一下麒麟（我養的博美，有先天關節異位的問題）的膝蓋要不要手術好了？

思考的同時，她又跟剛剛一樣，先看我的背後，再把視線回到我身上，接著說：「不要再覺得遺憾了，阿嬤跟著妳來首爾了！」

正當大家都一頭霧水，想說為什麼阿姨那麼針對我時，我突然想起，今年四月因為阿嬤忌日回台灣，我拜拜時有跟她說：「好遺憾，生前沒帶妳來首爾玩！」回韓國的前一天，就夢到我跟她在機場辦理登機、過海關。當時覺得是夢境的事，現在好像有解了。

「如何？還有更多，妳們想聽嗎？」阿姨甚至沒有邀請我們進去房子裡，就在院子快速解決了大家多年的煩惱。

與紐西蘭男友遠距的朋友最近在考慮分手，阿姨依舊是跟空氣對話後，斬釘截鐵地說：「不要浪費時間，問別的，妳下週就會分手了！而且妳結不了婚，結也會離，妳的人生裡，我看不到有另外一個人。但妳一個人，會過得超級好。」不到五天她就分手了，真的是下週！

而那個最近倒霉透頂的朋友，阿姨則跟她說，很遺憾，後輩擁有的，是她這輩子都爭不過的後盾，請她回首爾後問問看吧！後輩的父親，應該是主管的前輩，或是曾經施惠於他的人。而哥哥的部分，唯一的解方就是放寬心，因為未來會一直發生，離最近的事件，是父母會要求她拿出部分儲蓄給哥哥的孩子，名目則是姑姑給的教育基金。個性使然，就算用盡全身的細胞反對，她還是會乖乖地拿出錢來。

至於感情，阿姨看著她，「這群人裡面，最不適合結婚的人是妳，因為妳的愛情與家庭都會一路跌跌撞撞，但勸不了妳。現在離開妳的男生，過不了多久就會回來跟妳道歉，妳會嫁給他。五年之內會離婚，但妳還會再嫁。」

聽起來真的太糟了，朋友當場就流下眼淚。我們安慰她之餘，阿姨沒有停止地繼續說：「妳從小到大都想要獲得關愛，這是最大的問題，想要超越哥哥在父母心中的地位、想要霸佔男友全部的愛、想要變成公司最受歡迎的人，但這些已經遠遠超越妳的能力。妳睡不著、消化系統不好、大掉髮，都是這樣造成的。」

「最糟的是，這都是不能改變的事。」原以為阿姨會在擊潰她之後拿出解法，或是什麼安神符咒來騙她一筆錢，但這個命定派的無解結論，根本比被騙錢還糟。

我們問了阿姨，有什麼可以改變的方法嗎？她語氣突然轉換，露出一個完全不像她的開朗笑容，說：「傻了？世界上哪有可以改命的人。」

在一個寧靜的鄉間裡，沒有法器、也沒有道袍，卻讓我們每一個人都毛骨悚然。有太多阿姨沒有得到的資訊被她統整出來，就好像她已經認識我們很久了一樣。

陪我們走回車上的同時，我們聊了一些生活上的瑣事。比起剛剛與空氣對視的時候，現在的她眼神溫暖許多。

「世榮先生最近好嗎？」離開前，她突然問我。我一開始還反應不過來，想說是誰？後來才發現，她居然用敬語稱呼自己兒子。

可能是從下車就一路被衝擊到現在，我們徹底忘記車上的韓牛套組與要給阿姨的費用，但都被她拒絕了。「以後不要再來了！這裡不好，也不要帶人過來，讓我一個人安靜的生活。」

永別之前，原本想給阿姨一個擁抱，但她技術性往後退了一步，淡淡地說：「開車小心。」

回程時，我們幾乎沒有講話，剛剛被爆擊的倒楣朋友原本只是一直默默流淚，突然沒來由地開始大哭、大叫心好痛、喊冷，坐在她旁邊的朋友也發現她一直冒冷汗、發抖。我們一路飆車回首爾送她去醫院，之後她沒有病因地病了一個多禮拜。一陣子後，我們又見面時，她說當阿姨說她一輩子都會爛到底的時候，她心想：「最好是有那麼準？妳現在知道我在笑妳嗎？知道又怎樣？我還不是這樣好好的。」

那天，我用虔誠的心寫下了阿姨的故事。原本還想無視她的話，組團去南楊州算命，但身歷其境後，八字很輕的我跟她兒子見面時，都只會聊他美國媽媽。怕自己做得不夠細緻，後來甚至還刪掉了當天的導航系統，也希望阿姨沒有聽到離別時，準備抱她的瞬間，我心中那串：「哈哈哈哈我還是會再來的！」

不會再去了，在南楊州發生的事，就留在南楊州吧！

詐術

九月初，偶爾還會飆高溫的首爾，有一個一進房源就大喊好冷的韓國媽媽，帶著女兒一起入住。兩人外型清秀、身材削瘦，媽媽一進門先看的不是廁所或房間，而是風水跟採光。

「你們房子過了中午就照不到太陽，會比較冷！」我看了一下手機，二十六度，算不上熱，但也不至於冷。媽媽淡淡回一句：「不是那種冷。」

女兒是高中生，比起街上濃妝豔抹的孩子們，素顏的她真的很特別。我跟她說明，我們沒有提供樂天的折價券，但房源旁邊就是南山塔，步行大概二十分鐘，如果有需要，可以畫路線給她。她拒絕之後，就背靠著沙發坐在地上，低頭滑手機。

「南山那邊位置不好，妳該不會常去吧？山要少去，尤其現在已經快要天黑。」當下，我真的好同情她女兒。

「妳是不是常去江南？那裡地勢很低，古時候都會淹大水，很多人因此流離失所、無家可歸，很多委屈的靈魂都在那裡犧牲。」我要走之前，媽媽又說。我抓不到整段對話的重點，也不確定她是房屋仲介還是歷史老師，總之只想快點離開。

週五晚上沒發生什麼事，很祥和的度過了。直到週六半夜兩點，私訊突然被一連串崩潰的文字塞爆：「快點！」「來！」

「有人嗎？」「看到了嗎？」「請跟我聯絡！」「快點請！」「快點！」但都沒有講為什麼要去。

想到女兒的壓抑，與媽媽過度保護的疲勞轟炸，突然有點擔心，是不是女兒崩潰，發生什麼可怕的事？所以，我還是回覆她了，結果隔不到一分鐘，就收到令我發毛的幾行字：「我女兒中邪！」「可以來幫忙處理嗎！」「她要跳樓了！」

週六的夜晚，我還醒著，跟一群朋友在外面。但，阿嬤說我八字很輕，不要到處惹事，這點我一直謹記在心。

隔了將近一小時後，才聯絡上只有小酌、沒有醉倒的男性合夥人，請他前往房源。電話裡，我也提醒他，不要進去房子裡，手機保持錄影狀態，是為了保障彼此，絕對不是要滿足好奇心。

他到現場後先按了門鈴，原本安靜的房源中，突然傳出媽媽的大喊聲。合夥人再按了一次，同時喊道：「我要按密碼進去了。」

媽媽沒有答應也沒有拒絕，合夥人便說聲「失禮了」，自行開了門。門後是沒有開燈的客廳，暗到眼球需要一些時間適應，才透過廚房微弱的光源找到標的物。

隱約能看見女兒低頭跪坐在客廳地上，衣著完整，但全身都是水，地板上也有一路從浴室往外滴到客廳的積水。她的身體微微搖晃，變化著不同角度，持續發抖。媽媽則是崩潰地繞著她，一邊哭、一邊叫：「怎麼辦！怎麼辦！我入住時就說了，你們這個地方很不對勁。」

因為室內太黑，無法判斷她手上拿著什麼，事後透過錄影畫面才勉強確認，像是一坨繩子或一條毛巾。

「為什麼不把燈打開？」合夥人站在門口問，聲音聽起來冷靜到不行。

「千萬不行！我剛剛開了，她差點要殺我。」媽媽的崩潰高音，瞬間又被點燃。

「怎麼殺？」合夥人依然冷靜地接著問。

媽媽解釋，附在女兒身上的靈體極度畏光，如果遇到光線，就會有受到威脅的感覺，剛剛她就是這樣被咬了肩膀。她順勢拉下自己的衣服想要證明，但室內太黑，根本什麼都看不見。

「那如果是我開燈，她會咬我嗎？」

「你現在是不相信我嗎？」聽到合夥人的問題後，媽媽似乎有點不耐煩。

雙方僵持到清晨四點，媽媽阻止了想報警的合夥人後，緩慢地朝他前進，就算只是透過影片看，我都莫名緊張。

最後，媽媽用微小但充滿自信的聲音說：「絕對不能報警，但我可以用法術整理這個髒地方，二十萬就好！」

法術合集

躲過了二十萬的假巫女，躲不過世界各地的神秘法術，就像奧運一樣，每個人都在挑戰新的紀錄。一直以來都把「世界之大，無奇不有」這句諺語放在心上，但開始經營民宿後，發現自己真的是報名了奇人異事體驗營，面對擁有超能力的幽默靈魂們，從一開始氣到報警，到現在只是會心一笑。將近三千個日子以來，以為魔法改變了租賃方式，到頭來改變的，卻只有漸漸放寬心的我們。

。。。雞翅法術

退宿後的韓國情侶，留下的除了部分發黃的噁爆床單，還有不明的腐敗臭味。找了兩天後，我們終於發現，床底下有一個堆積的雞翅骨山丘。甚至不是亂丟，位置擺得很完美，就堆在床兩條對角線的交叉點。

趴在地上的我跟合夥人確認很久後，才慢慢坐起來。

「你要給他們一星嗎？」

「我要去查這是什麼神秘的雞翅陣！」

。。。活祭

入住的是一個在韓國當交換學生的美國女生，自己拿著準備好的地圖去追星，完全不用煩惱，一切都很棒。

退宿時，她也留下完美的房源，搭配一封信：「不好意思，我忘記冷凍有一箱東西，請幫我丟掉！」

身為最有好奇心的房東，基於垃圾一定要分類的環保原則（絕對不是要探人隱私），我拿出封條已經被撕開的紙盒，輕輕放在桌上。裡面有一個夾鏈袋，但沒有夾好，透過縫隙，看得出是一些粉色的東西。

用手撥開袋口後，我傻住了！那是一箱冷凍的粉紅小老鼠。

○○○黑洞傳遞

入住的是一個超級樸素的中國女生跟她媽媽，兩個人只帶了一個行李箱，卻在搬上三樓時顯得很吃力。雖然我們不提供幫提行李箱的服務，但看兩個女生辛苦，合夥人還是幫她們拿上樓了。經過我身邊時，他還小聲地說：「真的蠻重的。」

比起很多來整型的浮誇妹子會對我們頤指氣使，兩人非常和善。安頓好之後，媽媽支支吾吾地問我：「冰箱用不到的話，費用會少一點嗎？」

經營民宿這麼多年，第一次被問這種問題。因為沒有制式回答，要拒絕她時，還快速想了一下，怎麼說才比較有禮貌。

但，我多慮了！溫和的拒絕，她沒有收到，又追加問了一題：「你們有收清潔費，如果走之前我給妳這兒打掃打掃，那費用能退嗎？」

還以為明事理的年輕人能勸阻媽媽，就像在菜市場裡，我姑姑堅持在一個二十、三個五十的攤位上，買兩個只給三十的時候，我都會比老闆更生氣地制止她一樣。但，女兒沒有，還一臉自己很會打掃般地看著我們。

我放棄了台灣人的友善，提高音調：「網站上列出的東西都含在房費裡面，不用也要算錢！」還搭配客服最好用的皮笑肉不笑。

只是沒想到，這一句話，居然意外讓她開竅了。

他們退房後，我們進行了媲美寶雅的大型盤點，房源裡總共遺失：一公升洗髮精兩罐（有一罐全新未開）、已拆封一公升沐浴乳一罐、已拆封棉花棒一盒、全新耳塞一罐、化妝棉三盒、浴巾四條、廚房剪刀一把、烤肉夾一支、咖啡杯兩組、盤子四個、碗四個、滾筒衛生紙六捲、枕頭兩個、吹風機一支。

清單固然令人傻眼，但盤點完之後，合夥人最想知道的是：那個重到母女兩人哭天搶地的行李箱，裡面是裝黑洞嗎？

。。。預知未來

來自台灣的六十六歲阿姨，一個人獨自到首爾旅行。我跟她聊了很多，她說她喜歡我拋下一切（其實沒有）築夢的動力，但我更喜歡她年輕時拒婚，現在享受獨身生活，到處旅遊的勇敢。

怕她一個人在韓國很難好好吃飯，我想要約她，卻被她拒絕了！她的回答很直白帥氣，說她喜歡一個人在城市晃晃，不喜歡有人陪。比起各種推託之辭，這樣對我來說，是最棒的句點。

退房那天，她把房間整理得很乾淨。所有碗盤洗過一遍，垃圾倒了，窗簾都拉開，留了一扇窗戶通風，桌上還有一張給我的紙條。原本以為只是跟其他房客一樣，寫些謝謝招待等等，但她留下的，卻是幾行耐人尋味的字：「保持空間有日曬，近期晚上少外出，有機會回台灣的話，要先去拜拜，交通上務必萬事小心！」

我沒有放在心上，只當作日常叮嚀，就跟要多吃菜、不要穿太露、不要喝酒、不要去梨泰院（殊不知我就住在這裡）……一樣。把紙條隨手夾進訪客簿後，我就離開了。

幾週之後，迎來了暑假。回台灣的第一週，我去河濱公園騎腳踏車，那天天氣很好，繞了一大圈準備騎回家時，對向來了一對母子。會車時，他們跟我點頭致意，我正要回禮，卻突然一個閃神，差點撞到前面走路的阿伯。

急煞後摔倒，膝蓋的傷口鮮血直流，手掌也都擦傷了。那對母子馬上停下車來關心，問我是不是被絆到，怎麼會突然摔車？我抬頭，想說我差點撞到前面的阿伯，才發現前面根本沒有人。

隔天一早，我就一跛一跛地去廟裡拜拜了！

。。。法器

梨泰院踩踏事件發生後，附近的三樓房源就一直很難出租。我完全可以理解！尤其在挪威房客聽到無人入住的房源裡，有開大型派對的聲音後，連我自己都不敢踏進去，更何況是房客。

事件發生後的隔年暑假，一對哥倫比亞兄妹入住二樓。哥哥為了慶祝妹妹考試通過，特地帶她來亞洲玩。哥哥是同志，打扮比他身上的香水味還不起眼；妹妹則是愛到很張揚的阿米與克拉[12]，背包上的吊飾、行李箱上的貼紙都是各式應援小物。

他們的行李都還沒放下，就已經開始詢問自己關心的問題：BTS南俊都去哪個畫廊？97 Line[13]都在哪裡吃飯？去HYBE[14]要搭哪一輛公車？這些問題交給我，而男同志都在哪裡溜搭等問題，則交給合夥人。

他們總共住了八天，每天都會發感謝訊息與認證照，報告今天的行程。雖然有點可愛，但偶爾在忙的時候，一直傳來的通知音效「Kakao! Kakao! Kakao!」也是滿煩的！

退房那天，他們留下了幾個草編娃娃與紙條：「我們玩得很開心，謝謝你們！樓上的人不是壞人，只是迷路了，你們不用害怕。

這些娃娃你們拿上去放在屋內，他們會跟著一起離開。希望可以幫上忙，下次見！」

原來，她通過的考試，是當地的女巫考試。怎麼會有這樣的字條，帶來不安、惶恐與煩躁的同時，又貼心地準備好解決辦法！頂級且（貌似）有效的舶來品巫術，讓我一秒涼到腳底，又瞬間溫暖到心窩。

---

12 A.R.M.Y、CARAT，分別為K－POP男團BTS與SEVENTEEN的粉絲名。
13 指1997年出生的男偶像所組成的好友團。
14 韓國大型娛樂公司之一。

攝影：Ami 王芊琪

輯五 ◦ 人比鬼更恐怖

南楊州大叔

有位南楊州出身的大叔，大概一到兩個月會來住宿兩到三天。他的打扮整齊乾淨，基本配備是POLO衫、牛仔褲、LV皮帶，和一個The North Face的後背包。

最引人留意的，是他會用便利商店的塑膠袋裝一堆泡麵跟啤酒，肩上還有一個帆布袋，裡面都是小說跟漫畫。這樣的穿搭，第一次就成功引起我的注意！

趁大叔在聽我們說話，分心的時候，我的好奇心帶動肩膀，用力撞一下合夥人，比了一個肩背包的手勢。合作太久，一個小動作，他就可以讀到我這些沒用的好奇心，於是開口問大叔：「怎麼會吃那麼多泡麵？」（但其實我是要問漫畫。）

大叔大笑，說自己的老婆是碎念狂人，為了他的身體健康逼他戒掉泡麵，又為了預防骨骼疏鬆不准他喝啤酒，在家的日子都吃得很健康，還必須搭配很多維他命。除此之外，連看電視的姿勢都被規範，甚至連年輕時就培養出的日常小確幸：漫畫跟小說，也被抨擊是浪費錢。

「說實話，我七十歲了！骨頭還會發展嗎？」像是打開了抱怨開關一樣，他憤恨不平地請我們幫他評評理。以前，他都只能去汗蒸幕待一整天，後來女兒幫他找到我們，讓他偶爾請假（蹺家）清淨做自己，能繼續堅強維持四十年的婚姻。

大叔一邊氣，一邊打開啤酒遞給我們，約我們晚上一起吃飯；也是從這次開始，他每次入住都會請我們吃飯。一個人在韓國用餐本就不易，想著陪他一起度假，我們常常一起吃烤肉，他也像是大家的爸爸、爺爺一樣，總是搶著付錢。

一切都很和樂地維持了好幾年，直到二〇二四年的夏季。那天，他一如往常地約我們吃飯、喝酒，雖然席間已經看得出來他狀態不是很好，但他還是堅持要繼續喝，結束之後，我們各自回家。

一直到隔天中午，都沒有收到他退房的通知，傳訊息給他也都沒有回。有點擔心，是不是因為喝太多酒而在半路發生什麼事；但也不知道要去哪找人，只好靜待。

下午，他終於回覆了，原來，昨晚他是在警局度過的。

大叔伴隨著酒意一路走回房源時，剛好遇到一個酒後獨自返家的女生。根據對方的說法，他一開始先以輕佻的語言上前搭訕，後來還問她有沒有接客，從事性服務？不僅試圖接近，還從後面抱住、拉扯她。她因為太害怕，就開始跑，沒想到大叔不但不罷休，還一路尾隨追逐。女生邊跑邊報警，最後就這樣進入了警察局。

大叔跟我們解釋了很多，說他什麼都不記得了，自己喝完酒也從來不會這樣。但，當合夥人問他，跟那個女生道歉了嗎？他卻只說：「為什麼？我不可能對那個賤女人這樣。」

花了幾年堆積的委屈形象，瞬間崩解。女生最後以身上的瘀青與監視器畫面作為證據提告，而雖然遺憾，但我們也將大叔封鎖，永不接待。

偷拍

冬日下午抵達的房客，是一個來獨旅的中國女生，身形瘦長，穿著過度寬鬆的粉色連帽上衣，沉重地的壓著她單薄的身體。她很文靜，介紹房源的過程，都只低低地用「嗯」、「好」應答，不太有旅行第一日獨有的活躍感。

「妳有什麼想問我的嗎？」我問。

「這裡隔音好嗎？」她思考了一下後回。

「老房子，不算太好，但樓下屋主九十幾歲，夫妻都重聽，所以也可以算是隔音好吧？」我覺得自己真的是幽默到不行，但她卻沒有笑。

「妳才一個人，看起來也很安靜，不會太吵吧？」

「嗯。」

帶著各種冷漠，我離開。

入住期間都沒有異常，這麼安靜的中國客人，簡直是不可思議！退房那天，我跟合夥人一起前往整理，路上還開玩笑說搞不好房間已經被炸掉，她倉皇逃離，不然怎麼會連我們確認退房時間的訊息，都沒有回覆？

推開房源的門，居然見證奇蹟！

室內很乾淨，一塵不染，甚至有點詭異。房間裡的被子、枕頭、床單原封不動，連一點因為壓力產生的布紋都沒有，浴室也沒有使用痕跡，浴巾一疊好好的在架子上。最奇怪的是，衣櫃裡有一個她忘記帶走的行李箱。

有遇過一些房客，會因為在韓國買太多東西，去買一個更大的行李箱，淘汰自己原本的。如果使用狀況正常，我們會拿到東廟（首爾有名的二手市場）賣，但是這個箱子裡有裝東西，外觀也很新，應該還不至於被丟掉。加上整個房間的詭異氛圍，討論後決定等待一天，如果房客沒有回來，就把箱子打開！

也曾嘗試聯繫她，但等了一整晚都沒有得到回覆，加上隔天下午有人要入住，只好一早就去面對行李箱。

「如果是屍體怎麼辦？」

「這個只有兩公斤吧？怎麼可能！」

「屍塊呢？或是一段手指？」平常看太多社會案件分析的我，一直覺得應該直接拿去警察局。

「就拉開吧！裡面感覺是一堆垃圾！」打掃完要跟女友去看電影的合夥人急著拿起行李箱，由於拉鍊不在海關鎖上，一下就被他拉開了。

預測打開的瞬間會有屍臭味的我躲在房門後，充滿好奇又有點害怕地遠觀，像看鬼片那樣，用手遮臉，卻忍不住撐開食指。

毫無猶豫直接掀開行李箱的合夥人，看著箱子問：「只有這樣？」

箱中是她入住當天穿的連帽上衣、卡其褲，還有格紋帆布鞋。

「她腳也太大了吧！」合夥人從行李箱拿出鞋子，發現下面還收著一頂假髮。我一眼認出，那是入住時她的深咖啡色中長捲髮。

她當天雖然穿著連帽上衣，並用帽子遮住大半個臉，但還是很難不發現她兩旁頭髮不自然的光澤與捲度。加上當下的低氣壓與她削瘦的身形，讓我在心中推測，這個女生也許是因為癌症化療後脫髮，才一個人來轉換心情，只是基於隱私，沒有多問。

另外，還在行李箱裡找到了一把全新的工業用美工刀、螺絲起子，以及一些奇怪的工具。

「可能是買了新的行李箱後，把垃圾丟在這裡吧！」合夥人一邊放回所有東西，一邊快速整理出結論。我心裡雖然覺得奇怪，但要放他去看電影，也就不願再多說髮型的事，只想快結束這鬧劇。

我們留下行李箱，打算找時間把它載去二手市場變現，剩下的衣服與工具則準備打包丟掉。在做垃圾分類時，我從衣服堆裡摸到一個硬塊，拿出一看，居然是隨身碟。

「這個也可以賣吧！」合夥人說。雖然不太確定二手價格多少，但想到之前很多電腦送修導致私密照外流的事件，我還是堅持把它丟掉！

整理完、拿到路邊的垃圾擺放處後，我們就各自回家了。傍晚，合夥人看完電影後又打給我，說：「我還是要去一趟警局。」

原來他終究敵不過好奇心（他說是勤儉），拿走了隨身碟。回家後，想要格式化清除所有的資料，跟行李箱一起拿去賣，打開隨身碟後，卻先看到裡面有九個以地區分類的資料夾。

據他事後的陳述，他怕是什麼重要資料，如果那個人事後來拿，怎麼辦？所以，他又點開了其中一個資料夾「首爾」，想要確認內容，沒想到這一點開，卻燒開了地獄之火！

裡面有無數的小資料夾，除了性工作者的資料夾被取名為「叫的好聽的Ｘ人」「皮膚白的ＸＸ」等不堪入目的字眼，還有「民宿」、「小孩」與「Ｘ少女自拍」這些令人髮指的類別。他馬上拔下隨身碟，前往警局報案。

警察調閱附近的監視系統，發現下午兩點多我跟她一起進入房源，約莫二十分鐘後我獨自離開，再過一陣子，有一個男子也從房源離開。

「你們見過這個人嗎？」警察問。

我們的房源位於建築二樓，一層只有一戶，一樓住著九十幾歲的夫妻，三樓則是一對雙薪族夫妻，每天早上都會一起出門去上班。除了一開始搬進去時，有按照韓國的禮數送年糕給他們過，平常並沒有什麼交集。但我記得，老公是中等偏厚實的身材，不是畫面上的男子。

謹慎起見，員警再把時間轉到早上八點多，看到三樓夫妻一起出門後，大致上就能確定，跟在我身後一起進入房源的女子，就是獨自離開的男子。

「之後需要協助的話，要再麻煩你們跑一趟了！」雖然沒有點開那些影片，但光看名稱就已經夠令人憤怒，於是回覆警方，我們隨時都很有空，需要指認或是作證，隨時都可以配合。

看著激動又熱血的我們，警察只是冷冷地回：「之後有消息會再通知。」

不到兩週，靠著堪稱世界最強的監視系統，警方在距離首爾不遠的安山市找到嫌疑人。他是二十三歲的朝鮮族男性，中、韓文流利，平常在安山市打零工，以外送為主。他會趁跑外送的時間到汽車旅館或餐廳廁所安裝偷拍鏡頭，再找時間去拿，警方也在他手機裡找到有標示日期與安裝位置的備忘錄。

他從頭到尾都堅稱，自己只是拍興趣的，從來沒有販售過，也願意交出銀行帳戶為自己辯白，最後甚至說「自己從來都不想要害人」！

後來，我們請了專家來房源做檢測，花錢當然很心疼，但讓人更煩的是不確定的感覺！一個月裡，我們反覆思考、推斷——「自己看」真的很不合理！為什麼需要這麼多部？為什麼拍攝手法如此純熟？他已經拍多久？到底還有多少受害者？

那陣子，帶著各種疑惑生活，每天都很痛苦，也開始對入住房客充滿疑心。不接待沒有評價、沒有詳細自介的客人，還要求對方提供護照影本。退房之後，不只打掃環境，還要檢查浴室與房間的角落。同時，也很害怕嫌犯會不會報復，連要去巷口大創買洗髮精都疑神疑鬼。

就這樣提心吊膽地過了好幾個月，終於等到警察聯絡合夥人，說明全案已終結。雖然從嫌犯的銀行戶頭中找不到任何非法交易紀錄，但破解通訊軟體與家中電腦後發現，他長期透過網路交易偷拍影片。

具體的交易流程，警方沒有說明，但大致上來說，透過他上傳的影片多寡，可以交換到更深入的影片觀賞權。此嫌犯在該犯罪組織裡，靠著龐大與多元的分享，得到了僅次於創辦人的神級封號：「傳說」。

後來，我與合夥人們便很少再提起這件事。那是經營房源以來，第一次遇見社會事件的嫌犯，當時的我們也因此產生了信任危機，不僅對房客，也對環境、對彼此。

二〇二四年，遇見一個主修犯罪心理學的客人，無意間聊到了這件事，提及它對大家造成的衝擊。她簡短分析，嫌犯是朝鮮族，因為身份特殊，在韓國生活並不簡單，他好不容易才在網路上找到歸屬感、一個可以讓他獲得讚美的地方，所以才把在現實生活中得到的挫敗感與仇恨，轉化成網路上的神級封號。

「但比起分析加害者的心理，我們更在意被害者的狀態。如果沒有做更進一步的諮商，往往會產生很巨大的陰影，有少數案例後來也成為加害者⋯⋯」

她推薦我們去做團體心理諮商，聽聽彼此對案件、對人，或對房源的想法，也建議可以做一到兩次的個人諮商，並說能介紹適合的心理師。

沒想到，這成為了第一次團建。前往路上，大家都笑得很開心，覺得非常幽默，難道不能去加平玩水上活動就好嗎？但，一個小時後的我們，在打通了任督二脈與各種情感開關後，比起出發時的嬉鬧，更顯得沉重。大家坐在咖啡廳裡投票，「撇除賺錢之外，我們有信心做好經營民宿這件事嗎？」

法醫的故事

那是位一歲大的女孩，送到鄉下小診所的急診時已經離世。由於身體沒有外傷，加上家人反對解剖，診所便立即為她開立了死亡證明。

當天，員警接獲報案，報案人是一個跟女孩毫無血緣關係的婦人，女孩生父的外遇對象。

韓國的法令中，送審離婚案件有猶豫期，如果猶豫期過後依舊想要離婚，可以不將案件的申請撤回，法官會直接辦理。這個方法主要是希望夫妻不要因為衝動離婚，聽說也確實大大降低了韓國的離婚率。

警察問了事件始末，婦人說，女孩父母原本在辦理離婚，她便在猶豫期時自告奮勇照顧剛出生沒多久的女孩，把她接過來跟自己住。由於她自己生不出小孩，對待女孩就像親生女兒一樣。三個月後，夫妻和好，女孩跟著父親一起回到原生家庭，但兩人的婚外情卻沒停止，女孩的爸爸偶爾還是會帶女孩來住處找她。

女孩的生父跟婦人說，回家後，媽媽把丈夫外遇的錯都怪罪在孩子身上，崩潰式地處罰孩子，不讓她吃飯、冬天只讓她穿著單薄的衣服，還把她關在半地下室裡。由於擔心兩人的婚外情曝光，她一直都不敢報警，而爸爸則因為覺得自己對妻子有所虧欠，也只能容忍。

她鼓起了很大的勇氣才來報案，就算因為破壞家庭而被判刑也沒關係，希望可以幫孩子找回公道！也一直強調，最後一次看到孩子時，她狀況很好、身體健康，不可能就這樣離世！

賭上了這輩子的名聲，不管自己當小三破壞家庭，在鄉下地方有可能再也不能翻身，婦人與警察挨家挨戶調查，案件的審查申請終於成功。

法醫房客向我們補述，和他一起執行案件的學長，是一個放著首爾大學醫學系不念，卻跑來當法醫的人。他很細心，不過性格有點獨特，看似無禁無忌，但面對牽涉到孩子的案件時，總是會做一個特別的儀式，讓執行案件的成員都跟著他一起念：「孩子啊！」「不要害怕！」「我們會輕輕的！」「是大人對不起你。」「不會說話也沒關係，讓我們清楚看見就好。」

某個燈光明亮的空間裡，有三個手術台，而法醫眼前的手術台上，躺著長度佔不到台面一半的小身體。他在已冰冷的肌膚上發現幾處輕微的瘀傷、切割傷，無法確定是孩子跌倒，或是被凌虐。

確認過外部傷痕後，便得檢驗內部狀況。他對我們說：「很害怕打開後什麼都沒有看到，也害怕看到太多。」

體內有幾處有輕微骨裂，但不致死，臟器也沒有被重擊的跡象。正當大家陷入困境時，學長想到了已經很久沒在虐童案裡出現的「過度飢餓導致死亡」。檢查了女童的胃，居然完全沒有任何食物殘留，於是他們推測，女孩生前最後的三到五天，應該完全沒有進食。

順利完成縫合後，他們跟女孩道謝。學長一邊填寫死因，一邊翻著女童的出生與就診紀錄，卻突然請後輩幫忙聯絡警察——他注意到，女孩還有一個四歲的哥哥。

「除非主動詢問，否則報告被拿走後，法醫不會再聽到案件後續。」過了一個多月，女孩的哥哥終於被找到，承辦的員警聯繫上了法醫，謝謝他們留意這件事。

原來，在女孩的爸媽商議離婚時，當時三歲的哥哥被留在生母的身邊。這當然不會是自願，而是因為生母威脅，如果把孩子都帶走，她就要先殺死所有人，然後再縱火，跟全家同歸於盡。

留下來的哥哥不但沒有得到疼愛，反而成了出氣包。生母會把毛巾浸濕，用來抽打他，偶爾也不給他飯吃，用細藤條緊實地綑綁他的手腳，把他一個人關在沒有暖氣的地下室，穿著單薄，感冒也無法就醫。

哥哥的外婆偷抱走孫子，卻不敢留在自己身邊，而是帶去找寄養家庭，拜託人短暫照顧。寄養家庭的媽媽怕之後有法律問題，在接孩子那天幫孩子拍了全身照，這件事才因此留下證據。

骨瘦如柴的三歲孩子，身體卻充滿大大小小的傷疤，被抽打的瘀傷、吹風機出風口形狀的燙傷、菸疤……皮包骨的手腕跟腳踝上，則有因為拉得太緊而被細藤割開的傷口，一圈又一圈，新舊參差。寄養媽媽當時想報警，但外婆跪下來求她，就是怕女兒打死孩子會坐牢，才送來這裡，千萬不要報警，自己很快就會說服女兒！

警察問外婆，「為什麼不自己帶孫子？」

「因為那個孩子總是帶來厄運。」賭博輸了很多錢的外婆，就跟女兒一樣，把自己的失敗怪罪到無害的孩子身上。

最終，媽媽因虐童被判刑，但因為是精神病患者，目前先接受精神治療。而爸爸與外婆也因藏匿等罪名，失去孩子的監護權。哥哥則從地獄逃出，被社福機構帶走，等待更好的安置。

我問法醫房客，什麼是最好的安排？另外一個寄養家庭？新的家庭？還是育幼院？

「我一開始也會好奇，但前輩跟我說，你是法醫，不是法官，做好自己的事情就好。」

台灣啤酒
TAIWAN
BEER

驚險萬分

申請入住的是一名美國男子，外型高瘦清秀，是那種著迷於亞洲文化的韓文系學生，很健談，聊天內容也很有趣。

他說美國有很多韓國人或韓裔美國人，其實交流的機會很多，但他們的圈子很緊密，不容易打成一片，所以想先來韓國看看生活風格，如果可以適應的話，再考慮申請交換學生，或畢業後來這邊生活。

我完全可以懂韓國人的圈子有多緊密，以及外國人多難交到韓國朋友。我也是找對了室友，才獲得一把開朗熱情的鑰匙，得以順利打開交友圈。

在交流韓國生活時，我們聊到最難懂的租屋。除了簡單的買賣之外，月租、全租這種外國人無法理解的交易方式，我也一一解釋給他聽。我們大部分的房源都是全租，簽約時會收一大筆錢，但不用付月租，約滿後，房東會把全租金整筆還給你。這對外國人來說真的很新穎，因為我也是外國人，所以我懂它聽起來有多離奇。

「介意我去妳家看看嗎？不行也沒關係！」

我答應了，不過先請寶劍去我家等著，畢竟雖然想成為他進入韓國生活的那把開朗鑰匙，但警覺性還是有的。

抵達後，他在房子裡繞了幾圈，看了格局、採光，原本以為他會有更多關於租金或是簽約的問題，但他前後大概只待了十分鐘，沒有多問什麼，就離開了。

那天之後，我們在咖啡店、餐廳都會偶遇，一開始，因為住在同一個社區裡，還沒有想太多；直到在離家四十分鐘車程的雞湯麵店吃到一半，他走進來打招呼後，我才發現有點不對勁——各種巧遇都太巧了吧！

我開始不太回他訊息，也跳過他的限動，但他依舊在我每一則限動留言，偶爾也會出現在我工作的咖啡廳。我禮貌點頭打招呼後，不想產生過多交流，便繼續埋首工作。

眼看他入住的期間快結束，那天我跟朋友在外面晃到三點後，一個人走回家。我住的地方，是四層樓、沒有電梯的公寓，公寓大門的鎖，跟很多韓國房子一樣沒有作用；感應式的樓梯燈，則要走到第二階才會有反應。

我推開大門、走到第二階樓梯，等燈亮才看到，他就站在樓梯另一端，我們只有四階樓梯的距離。

他面無表情地看著我，微弱的燈光讓這一幕變得更驚悚。當下，我才知道，原來人在極度驚恐時，根本無法尖叫。來不及等他開口，我就轉身，用媲美閃電波特、大概可以在奧運奪牌的速度，往巷口的超商狂奔。雖然只有一百多公尺的距離，心裡卻覺得自己好像參加了看不到盡頭的馬拉松。

推開超商大門的力道太大，狠狠撞擊了門鈴，我第一次知道那個小鈴鐺可以發出這樣的震天巨響。櫃檯裡原本在打瞌睡的，是那個服務態度極差，我平常很討厭的店員，我曾因為他找錢用丟的、吼觀光客、假裝微波爐壞了而客訴過他。他看著臉色慘白的我，什麼都沒說，就把出入櫃檯的門板往上掀。

「妳先進來吧！需要報警嗎？」我說不出話，只能點點頭。

警察抵達後，我把事件的原委完整交代，從無止盡的巧遇開始，到剛剛在樓梯發生的事為止。

「我能理解妳很害怕，但現在我們其實也沒有什麼可以做的。」雖然報警前就已經想到會是這種結果，但親耳聽到還是很崩潰。

「所以，我一定要發生什麼事，才能報警嗎？」

警察短暫沉默後問，是要陪我走回家？還是有朋友可以就近照顧我？如果有，可以送我過去朋友那裡。

當下因為對體制的失望，可能有點意氣用事，拒絕了警察的護送提議。我問那個店員，介意我在這裡待到天亮嗎？

「裡面還有一張椅子。」他說。

我們一句話都沒說，他就這樣陪我坐到天亮，換班前，還拿了一瓶水給我。「我下班了，回家小心。」

我每天都會經過那間超商，卻很少遇見大夜班的他。希望他不知道我常客訴他，但希望他知道，我有多感激！

輯六。樹洞晚安

唐寺島

入住的是從唐寺島來的一對老夫妻，幫他們訂房的則是住在首爾的兒子。他事前傳來的訊息很有禮貌：「入住的是我的父母，他們很少來首爾，雖然年紀大，不足的地方卻很多，請多多包涵！有任何問題，直接跟他們說就可以了。」但仔細看了幾次後，突然覺得有點冰冷。

我問合夥人，唐寺島在哪裡？

這地方偏僻到他必須拿出NAVER MAP才能解惑，周邊也有很多韓國朋友都不知道。這座島要透過韓國西南部的木浦市進出，想來首爾的話，得先坐船、搭巴士，再轉火車。

他們的行李很少，但帶著一堆紙箱跟保麗龍盒，一起綁在可折疊的拖車上。不確定是因為拖車很不穩還是貨物太重，爺爺必須一邊走一邊扶著。儘管步履蹣跚，他也捨不得讓奶奶多走一趟，一直叫她先去房間內等著。兩個人就這樣沿路拌嘴，終於抵達房源。

兩人有全羅南道的鄉音與熱情，一開口就停不下來！說這是他們第二次來首爾，第一次是參加兒子婚禮。兒子好會念書、賺好多錢！娶了一個首爾人，媳婦比較有距離感，但還是很懂事，每次來首爾的費用都是他們出的。兩老也常常國內旅遊，還跟我們分享了近半年份的旅遊照。奶奶則是一邊整理紙箱、一邊重複地感謝我們，說兒子的家太小了，住不下，首爾的飯店又太貴了，不想讓兒子亂花錢，加上現在有孫子，一起住真的不方便，好險我們不嫌棄老人味，願意接納他們。

我一邊介紹設施、一邊帶著他們操作幾次，畢竟老人的記憶，很容易一轉身就跟著離開腦海。在爺爺學習開啟三段式桌燈時，奶奶拿出各式小菜想餵食我，但真的很難一邊咀嚼一邊教學。我狠下心拒絕她後，她又默默地把盒子收回去冰箱。

「她就是這樣，媳婦就很不喜歡！現在的女生都需要空間。」爺爺展現了都市公公的體貼後，又轉身提醒老婆：「先把藥都拿出來，不然我們等下都忘記，妳又會沒吃到！明天也要帶去給醫生看。」一邊嘮叨，一邊幫忙整理藥袋。

原以為他們是來看孫子的，後來才知道，是爺爺帶奶奶來看醫生。奶奶前陣子久咳不止，在鄉下拖了一年多都沒去看醫生，只用各種傳統技術醫治自己，例如喝蜂蜜水、用溫毛巾敷喉嚨、蜂蜜柚子加大蒜等，真的很嚴重的時候，才會去藥房買糖漿喝。這種既視感就像看到我阿公，日也咳夜也咳，但比起開藥給他吃的醫生，更信任家附近的四神湯老闆，料吃完還可以續湯，再加上大把胡椒。咳嗽不會好，但解饞的心自然痊癒。

夫妻倆不停鬥嘴，爭執蜂蜜柚子到底是加大蒜還是加薑比較好，奶奶雖然持續咳嗽，但提起嗓門時，也是能一秒壓制老公。

「是肝癌嗎？」看著奶奶發黃的皮膚，我試探性地問，想要化解爭論不休的氣氛，只是沒有想到，短短的句子，逼出了爺爺的眼淚。像是被按了暫停鍵，他的眼神多了落寞，視線從我身上飄向身後的廚房，拿出口袋中的手帕貼住眼睛，從座位上站起來，留下奶奶獨自在沙發上坐著。

這個畫面應該要賺人熱淚的，但我從來沒看過我阿公阿嬤哭，導致尷尬吞食了我的眼淚。當下，我連呼吸都很謹慎，怕已經堅強太久，眼淚開關突然打開的爺爺，會因為瞬間的亂流而再次潰堤。

「丟臉死了！在外國小孩面前哭成這樣。」相知相惜六十年的安慰果然異於常人。爺爺沒有轉頭，持續背對我們吸著鼻子。

奶奶看著他的背影，話感覺卡在喉嚨，停頓了一下，轉向我：「那妳喜歡吃什麼？」

「辣牛湯！雜菜！」那陣子我超級迷戀雜菜拌飯，這是一種只有媽媽煮會好吃的食物，首先要燙好所有的食材：香菇、菠菜、豆芽菜、紅蘿蔔，接下來把蛋煎成磚塊狀，都準備好後，再把他們切成適口性佳的細條，最後加入冬粉、醬汁、芝麻，均勻攪拌。做法不難，但工程繁複，是只有大節日才會出現的料理。

他們總共訂了兩天房，預計明天一早要先去看診，後天再入院做詳細檢查，不確定會在醫院待多久，但要回唐寺島之前，想再來住幾天，去看一下孫子。

我跟爺爺交換了通訊方式，他的大頭照是跟老婆的合影，背景是濟州島中部的漢拏山。雖然悲傷的氣流依舊不穩定，但我還是開口問了：「你們去濟州島玩喔？」

「這輩子第一次去！明明離我們很近，但卻是漂亮多了！你去過唐寺島嗎？」等不及老公開口，奶奶拿出了自己的手機，分享很多照片，看起來不過是幾個月前的事而已。再這樣聊下去，不僅晚餐會遲到，可能也搭不上末班車了。我匆忙離開時，奶奶大喊，說下次見面再跟我分享唐寺島。

退房那天，房子被整理得很乾淨，不知道是住鄉下的習慣，還是怕室內有老人味，他們把窗戶全部打開了。過度貼心的，還有冰箱裡他們留下的泡菜、紫蘇葉跟雜菜。放在盒子上的小紙條，寫著：「孩子啊，要按時吃飯，身體健康，謝謝妳！」搭配兩個筆跡不一樣，都用漢字書寫的名字「鄭根永」、「金淑日」。

我們沒有等到奶奶回來。原本以為，他們說的會回來住，就像其他客人說的「See you!」一樣，是看似充滿人情味的無責任發言，把它放在心上的話，就是社會歷練不夠了。約定再見這件事，隨著時間，早就遺忘。

沒想到，幾週之後的下午，收到爺爺的訊息：「孩子啊！抱歉，忘記跟妳說，我們不回去住了。我已經回到唐寺島，而奶奶去了更好的地方。要好好照顧自己，按時吃飯。　鄭根永」

慶州媽媽的小菜

這是一位來自慶尚北道慶州市的媽媽，朋友的孩子幫她訂了一晚房，但入住當天，她卻跟我們說要住兩個月，不過因為現在身上沒有現金，只能週三再給我們。

「我已經跟房東退掉房子，等週三拿到押金後，就馬上給你們！」

原本想要拒絕她，但看著她急迫的樣子還是於心不忍，加上兩個月的房租，對剛開始營運第二個房源的我們來說，確實像空氣一樣重要。於是向她提議，房源旁有一個價格比較低，也比較適合一個人住的房型，我們可以幫她換到那邊。她拒絕了，因為女兒從來沒有看過這個房間外的南山塔。

她的女兒患有先天癲癇，爸爸無法接受這樣的家庭，因此在出生後沒多久不告而別。沒有一技之長的她，靠著兼職三份工作，養大了女兒。生活雖然很辛苦，但她很感謝，女兒很體貼，書念得很好，一直都不讓她擔心，在學校也有很多朋友。

考高中那一年，因為巨大的升學壓力，癲癇頻繁發作。不想讓媽媽再辛苦，女兒索性決定不念大學，打算先做一些兼職工作，存點錢後去打工度假，回來再跟媽媽一起在慶州開一間咖啡店。媽媽即便不同意她不考大學，但聽到女兒的人生規畫，加上不想看她再痛苦，也就默默允許了。

某天，在前往圖書館打工的路上，她突然昏倒了。原本以為是癲癇發作，送到地方醫院後，卻馬上被轉診到首爾大學醫院，檢查後確定是腦瘤。

阿姨深呼吸了一下，像嘆氣，也像吞下一口眼淚。手術已經結束，目前正在積極接受化療，但由於腦壓一直下不來，所以無法出院。開刀前，女兒跟她說，她出院後不想馬上回慶州，想先去看南山塔、去南山公園散步，如果可以的話，想在首爾住一陣子。

她感嘆，這輩子一直到現在，才想為女兒做點什麼，查了飯店後，卻發現好貴。朋友的孩子幫她找到了我們，但要住兩個月，還是很大一筆錢。她解釋，希望我們不要誤會，不是我們定價高，而是對身上沒什麼錢的她來說，這真的是一筆不小的數字。加上她沒有信用卡，只能請朋友的孩子先幫她代訂一晚，剩下的費用，就等週三月租房退掉後，房東把押金還給她，一定會用現金補給我們。

「還是拍照鼓勵她一下？」我建議阿姨拿房源與南山塔的照片給女兒看，希望可以舒緩她內心的恐懼，點燃期待與快樂的心情。

攝影：Ami 王芊琪

可是阿姨拿出的手機，卻像諜報片裡反追蹤的那種機型。她有點抱歉地說，她的手機不能拍照，可以跟我們借嗎？我們拍了房源還有窗外的南山塔，以及一張她跟南山塔的合照，她有點彆扭，想要拒絕，但看到鏡頭後，還是微笑了！拍完之後，我們馬上到超商印出來，才趕得上女兒明天可以離開無菌室的探病時間。

阿姨每天都往返醫院，只有女兒做化療的那天，因為不能陪病，她才會回來。空著的房源，是打掃阿姨發現的：「垃圾桶裡都沒有垃圾，要不要關心她一下？」

簡訊傳了很多天都沒有回，我們打了電話才知道，輸出照片那天的兩週後，女兒因為腦壓過高，導致視神經病變，雙眼視力剩下0.2。電話中，阿姨聽起來一直在深呼吸，但依舊試著用平穩的聲調說：「好險！照片她都看到了，她很期待。剩下的，等她自己好了之後，再去體驗。真的謝謝你們。」

又過了幾天，阿姨主動跟我們聯繫道歉，說女兒在前幾天因為肺部感染而離世，可以改租一個月就好嗎？她的聲音不像之前的平穩有希望，短短一個句子，混雜著啜泣聲、絕望的嘆氣，還有無窮的寂靜。電話不是我接的，合夥人說了許多的「好」，試圖安撫我們旁聽的疑惑，與可能再也好不了的母親。

隔天，兩個合夥人到場致意，把剩下的房租，加上我們大家的心意——另外一個月的租金，一起給她。雖然知道她近期一定會很難過，但還是希望她可以好好休息、好好吃飯。

她一直哭、一直道歉，說希望臨時的退訂沒有造成我們的麻煩，雖然租期已經到了，但因為剛好要辦喪禮，如果行李造成麻煩的話，請我們隨便裝個箱子放門外就可以，而冰箱裡的小菜都是前幾天才做的，還很新鮮，是女兒喜歡吃的，應該會符合年輕人的口味，如果我們不嫌棄的話就都吃掉，不要浪費。

合夥人為了符合韓國禮數，必須留下來吃辣牛肉湯再走。不知道是不是因為在首爾的關係，現場除了他們還有幾位教會的人，就沒人來致意了。準備要離開的兩人被阿姨攔下來，她堅持要把一個月的房租還給我們，相互拉拉扯扯，但阿姨終究是敵不過兩位二十代男子的快腿。

開車回家的路上，手機傳來了阿姨的匯款訊息。也許就像她說的，素昧平生的我們，願意在這個時候給她依靠，她已經非常感謝，如果我們再做得多一點，感謝就會變成抱歉，這是她跟女兒都不想要的。

隔天，我們去整理房源，決定直接將行李寄回慶州給她，讓她在離開時，可以帶著女兒就好，不用狼狽地拖著一箱心碎的回憶。她的隨身物品少到不可思議，只有兩件毛衣、一條褲子跟一件外套，化妝台上沒有化妝品，浴室裡有一個小包，裡面有一把梳子。

我們把東西都裝進行李箱，放妥後連一半都裝不滿。如果只有這些東西，帶這個箱子也太不合理了吧！當下雖然疑惑，但打開冰箱就理解了：滿滿的小菜、肉排、燉肉，跟一大盒煮好的海帶粥。

我回家拿保鮮盒，東湊西湊，還跟樓下賣泡菜鍋的阿姨借，總算湊出了十五個。回到房源後，一一交換過來，把阿姨的保鮮盒洗乾淨，終於放滿了那個巨大的空箱子！寶劍放了一張寫上「多謝款待」的紙條在盒子裡，他說：「雖然阿姨不是想聽我們說，但還是希望她可以知道，她帶著對女兒的心意與愛煮的飯，讓我們都吃得很好！」

韓裔爸爸

初春入住的，是一個韓裔家庭。會說正統韓文的父母，與帶有美式腔調的姊弟，就像一本3D韓國現代史。

爸爸是一個打扮得體的韓國大叔，白底藍條紋的POLO衫（沒有立領）、卡其長褲，搭配他那個年代就時髦的雷朋，霹靂小包裡裝了一些升血糖用的巧克力。

他拿給我一顆巧克力和五千韓圜小費，雖然我一秒就收下，但還是開玩笑地說：「美國大叔，我們這裡沒有這種規矩唷，但還是謝謝你！」

媽媽的打扮則很俐落，黑色短袖上衣、深藍色牛仔褲跟舒適的走路鞋，簡易帆布袋裡，有要給我的禮物，是一盒機場買的巧克力餅乾。我很喜歡收房客的禮物，聽起來很貪小便宜，但我都會用義美系列的商品跟他們交換，至於這種給小費又給禮物的，我就會在退房前加碼一罐金牌啤酒，炫耀一下台灣之光。

爸爸年輕時就到紐約打黑工，從餐廳開始做起，也修過車、賣過菜，各種允文允武的工作，只要可以維持生活，他都能做！還沒有站穩腳步時，他遇見了受教會資助而到紐約念書的媽媽，兩個人一見鍾情。一起打拼的日子，他們只輕描淡寫地帶過；但談到迎來子女後的生活，爸爸高聳的顴骨，還一度放不下來！

可能因為我的韓文怪腔怪調，一開始爸爸以為我也是韓裔，發現我是台灣人的時候，除了驚訝之外，也跟我聊了很多他在美國的台灣朋友，直到被他兒子制止為止。他台灣朋友的中文名字，我差不多都背起來了。

他們家鄉在距離首爾大約一小時車程的水原市，神奇的是，這是爸爸當黑戶後，第一次回韓國，「以前是回不來，後來是捨不得回來。我們忙內找到工作後，我就放心了！等忙內工作穩定了，我跟老婆就要搬回水原，跟我弟弟一起住。」

雖然他沒回來過，但兒子跟女兒卻每年暑假都會回來飲酒作樂，從梨泰院玩到狎鷗亭，再從狎鷗亭吐到鐘路吃宵夜。除了我自己有年輕過之外，這也是姊弟的感想：「首爾超好玩的！」

但，對爸爸來說，什麼都好神奇！高樓林立、公車站的暖屁股坐墊、十字路口的大洋傘……即使是姊弟眼裡微不足道的事，也都用手機記錄下來。他很感慨，也很開心，自己的國家進步了好多。

跟樸素的父母一樣，姊弟的打扮也很簡單，但聊天過程得知，兩人那華麗的學歷，應該是爸爸好久沒有回韓國的主因。姊姊是哥倫比亞大學的法學碩士，畢業後順利考取執照，目前已經在事務所上班；而弟弟剛從帕森設計學院畢業，實習結束後休息了一段時間，現在是兼職設計助理。入住期間，我跟姊弟常常相約一起吃喝玩樂，爸媽偶爾會來跟我們會合，但大多時間是兩人一起觀光，尋找記憶裡的漢城。

他們這次回來預計玩兩個月，第一站是首爾，離開首爾後會去釜山和濟州島，一路還要經過大邱、大田跟光州，離開前的時間，則全部留給水原的家人。

我每天都很期待兒子發的限動。大叔的浮誇反應很像喜劇演員，但卻能理解他的真心：好久沒吃到的美味血腸、加了蝦醬的豬肉湯飯、韓牛肉餅、蔬菜煎、豆漿麵……會陪著兒子女兒回韓國的媽媽，則是坐在旁邊，笑他太誇張了。透過螢幕，都可以感受到那種快樂！

一家人很有愛，每到一個地方，都會用一樣的姿勢拍照：按照身高排列，再把頭倒在右邊的人身上。一百八十五公分站在排頭的兒子，只需要負責比耶！從漢南洞民宿門口到廣藏市場，從釜山海雲台到甘川洞彩色屋，一直拍到濟州島石頭爺爺的隔天，照片就停更了。

時隔半年，兒子突然約我吃飯，把年初在民宿門口，我幫他們一家人拍的照片拿給我。

「我爸回去了！」

「回紐約？」

「天堂。」

他們抵達濟州島的隔天，爸爸原本就不舒服的身體突然惡化。送到當地醫院後，發現居然是胃癌，便緊急轉院到首爾進行深度檢查。除了胃之外，大腸與肺部都有癌細胞擴散。

身體不適這件事，他一直以來都是能拖則拖，也曾經豁達地說：「我抽菸、喝酒，喜歡吃泡麵又熬夜，做什麼健康檢查，這種身體能好嗎！不要浪費錢。」聽到自己癌末的時候，還很淡定地跟因為設計作業而經常熬夜的兒子說：「就跟你說了吧，好好吃飯跟睡覺很重要！」

癌細胞已經大面積擴散的狀況下，能治療的有限，加上原本的慢性病，半年時間不到，病情便急轉直下。轉安寧病房前，即使兄弟姊妹都已經來首爾陪著他，爸爸還是堅持要求回水原，「我好久沒有回家，要離開的話，我也想要躺在家裡的床上。」

從首爾大學醫院回水原的路上，叔叔滑著這次來韓國的照片，跟醫療人員炫耀他跟家人一起集滿的每一個景點，「到家我要拍一張，但我坐輪椅，要排最後了！」大家都笑了出來。兒子也給我看了爸爸在延南洞拍的帥氣藝術照，還有他們之前在水原家門口拍的照片。照片裡有三個人，他靠在兒子身上，一樣笑得很開心。

大量的醫療器材，讓平常不到一小時的車程，必須花上更多時間。還來不及到家，他就陷入昏迷，最後在老婆、兒子、弟弟的陪伴下，安穩地離開世界。

福順奶奶

首爾龍山區最有名的，除了防彈少年團之外，就是陡坡了！我們的房源三位於龍山區三樓，通道狹窄、樓梯又陡峭，搬運行李非常困難，連房東我自己都常常被整，平常偶爾去試住，到了樓上，都很感謝住房的人，怎麼沒有刷一排一星給我？

某年秋天，有兩個韓國奶奶要入住，我傳了訊息，說房源的難度可能不適合她們，卻沒有得到回應。入住當天，我帶上體能小幫手一起等她們，遠遠地看到兩個老人拖著嶄新卻感覺很難拉的行李箱，體能小幫手立刻上前詢問，果然就是我們的房客！兩個登機箱的上面，還扎實地綁著兩個大紙箱，讓人以為是要移民的行李，只不過來住三天而已。

我帶著她們上樓，原本因為體貼老人而走很慢的我，一直有種腳後跟要被踩到的壓迫感。小心地回頭，才發現不是錯覺，性子有夠急的她們，是真的貼在我身後，一不小心會接吻的距離。奶奶們擺脫了兩個巨型累贅後健步如飛，讓負責殿後拿行李的合夥人看起來有夠狼狽。

她們是退休海女，平常住在一起，韓國年齡分別是七十八歲跟七十五歲，住在巨濟島。這是她們第一次來首爾，還跟我們炫耀行李箱是海女奶奶們集資送的初次旅行禮物，一個是紅色的、一個是藍色的，這樣她們才不會弄混。雖然是知道了也不會致富的微小訊息，但她們炫耀台幣兩千塊的行李箱的樣子，真的好可愛。

隨後，奶奶又從斜背包裡拿出一個裝著必備物品的小布包，再從中掏出一個方形布袋。突破了這麼多關卡，老實說，我確實是有點期待能收到金塊！

「這個小方包是她做的。」七十八歲的奶奶，指著七十五歲的奶奶說。

「有什麼好說的！這麼一點事情。」七十五歲的奶奶好像有點害羞，馬上就拿走開到一半的小方包，重新把它關起來：「我年輕的時候就很會做這些，包包、枕頭套、棉被，有空的時候也會做衣服！我原本是要做綁鈕扣的，你們知道吧？鈕扣在這邊，然後縫一條彈力線在對面，這樣很好看。」

我們一直沒靈魂地點頭，因為真的太想要知道！裡面裝的寶貝到底是什麼！

「但我最後做成壓扣式，我們老了，眼睛不好，綁的太花時間了！」語畢，再把小方包還給七十八歲的奶奶。

我真的要崩潰了，是什麼漂亮寶貝到底！沒想到，七十八歲的奶奶接過去之後，居然忘記要開給我們看！她把小方包放回包包的瞬間，「所以裡面是什麼？」這一次，忍不住的不是我，是對世界毫無關心的I人夥伴。

歷經了人生故事與裁縫課後，奶奶終於打開小方包，噠啦！是折疊手機。

「為了這次旅行買了可以照相的手機。但真的太貴了，買一支一起用就好，反正我們也不會分開。」奶奶示範如何自拍、折起來跟風景一起自拍，並分享到群組後，又把它裝回尺寸完美的小方包，再放回小布包裡。我轉頭看了一下合夥人，一個月掉兩次手機的冒失鬼。

我問兩人，當了多久的海女？她們早就忘記。有記憶以來，就就是被水養大的，還不能下水的年紀，和媽媽、奶奶去海邊時，就幫忙整理網子、上岸後的衣服、浮具，也從沒有夢想過人生要做什麼，「總是要有人做吧！我們水性是天生的，妳們辦不到啦！」搭配瀟灑的慶尚道口音，我還來不及心疼她們的人生，就被這樣的自在心態帥得一塌糊塗。

由於職業風險高，加上早年男主外女主內的想法，很多海女會獨身終老，就近生活，照顧彼此，她們則從雙方父母過世後開始一起住，但在那之前，兩人就是隔壁鄰居了，有記憶以來，她們就在彼此的生活裡，一起生活了七十幾年。我問，她們不吵架嗎？

「吵啊！坐巴士的時候還在吵架呢！」

「哪有家人不吵架的啦！」又是一來一往，默契十足。

我們要離開前，她們拿出超大包的海菜和冷凍海帶湯送給我們。「首爾什麼都有，不知道要給首爾人什麼，但也不想白住，海帶湯是我們自己煮的！」

我們扛了大概五公升的湯，還有一大堆蓬鬆的海菜回家，原本說好先把湯解凍，然後一人一半，但合夥人覺得麻煩，叫我全部都帶回家。

本來深怕身為海帶湯狂粉的自己會吃到終生免疫，沒想到湯一解凍，我的靈魂也跟著一起融化。那是超奢華的「海膽鮑魚海帶湯」，比一般用魚骨熬煮的清湯底多了濃郁的海膽香氣，加上滑嫩的海帶和滿滿的鮑魚，我大概只花兩天半就吃完了。

她們退房那天，我幫她們叫了計程車。因為行李空了許多，我還買了一大堆時髦麵包送給她們，方便分享給鄰居。奶奶們雖然嘴上一直說不用，但還是立刻打開行李箱把麵包放進去。

就跟每次跟阿嬤分別時，阿嬤一定會提醒我「飯要記得正常吃！」一樣，七十五歲的奶奶上車之前說：「你們兩個，有遇到不錯的人就快點結婚，不然你們結婚也可以。找個人一起生活！」天下的阿嬤，都是一樣的。

離別不到一個月的時間，又收到她們寄來的包裹，裡面是一大堆海帶跟海鮮。我們又買了一些麵包、甜甜圈等，跟她們分享首爾最近在流行什麼，靠著這樣相互寄禮物，維持了幾個月的忘年之交，卻突然就停止了。雖然有點可惜，但想到兩位老嫗幫我們煮湯、熬粥，還要扛到鄉下的快遞站點，算了！停止也好。

春天時，我們去釜山員工旅行，說是員工旅行，但也不過是我與三個喝過奢華海帶湯的合夥人而已。我們規畫了巨濟島驚喜活動，想帶一些首爾零食給她們。

「到那邊，你們就說是去送喜糖的，因為你們聽她們的建議，結婚了！」

「感覺會生氣。」

「不會氣到生病吧？」我們非常期待地在車上演練孫子整奶奶的那種老派橋段。

找到了地址，是一個L型的白色建築，庭院非常寬敞，擺著方型的桌子與曬魚用的架子，邊邊還堆了很多漁網跟浮球。門沒關，我們在門口喊了一陣子後，怕她們是因為年紀大聽不見，也想看看她們的生活空間，就往裡面走。側室是她們睡覺的地方，非常整齊乾淨，除了棉被櫃、一個五斗櫃，還有兩個衣櫥，沒有全身鏡，但五斗櫃上有一個復古的面鏡。

主室的家具也不多，我們寄的硬殼紙箱被拿來收納，覺得很有趣。由於到處找不到人，我們就先在庭院的方桌上聊天休息，坐了一陣子後，才被經過的孩子發現。

他跟我們說，這裡沒有人住了！又很快速地跑回家，拉著自己的奶奶來。

「福順嗎？哪個福順，這裡兩個人都叫福順。」我們第一次知道，原來她們的名字一樣。

拿了包裹的照片給奶奶看，並說明我們的關係，沒想到奶奶有點尷尬地說：「寄包裹給你們的是識字的福順，另一個福順從首爾回來之後，生了很重的病，離開了。辦完她的後事後，寄包裹給你們的福順，也輕生離開了。」

奶奶說，房子目前沒有人住，在她活著的時候，也不會讓人賣掉。她每天都會來打掃，她沒空的時候，也有其他人會做，就像是老鄰居還在一樣。

合夥人把我們從首爾帶來的伴手禮給奶奶，讓她跟家人、孫子一起吃。

「那是我幫人家帶的小孩，我也跟她們一樣沒結婚。但晚點有姊妹聚會，我帶去吧！」

想說難得一趟路來到這裡，合夥人離開前問了奶奶，如果方便的話，想去看看福順們。奶奶說：「看海吧！她們喜歡在海裡。」

麝香葡萄

在民宿附近經營畫廊咖啡店的姊姊雙親來首爾玩，但因為自己家太小，拜託我們讓她父母在房源住幾天。

老夫妻個性開朗，從入住就一直讚美房源，聊到台灣旅行的話題時，更是把活力值調節到最高。女婿帶他們去了台北、九份跟高雄，雖然爬樓梯很辛苦，但自己好像童話故事裡的主角一樣！兩個人說到這裡，笑得超快樂。比起九份的話題，更讓我在意的是，從上樓開始，到現在肩並肩坐在沙發上，他們的手都一直牽著，不願放開。

不知道是怕我尷尬，還是真的很喜歡，他們又把台灣食物拿出來點名一次，牛肉麵很好吃，但最喜歡蚵仔煎，味道跟韓式煎餅完全不一樣，醬汁很好吃，最重要的是很好咬，他們牙齒都不好！我抓不到笑點，尤其在別人自嘲假牙的時候大笑，也太沒禮貌了吧？只好獨自看著他們相視而笑。

我一直都覺得畫廊姊姊是一個很溫暖、有愛的人，是否就是因為從小吃著愛長大？父母又可愛又相愛，要變邪惡感覺有一定的難度。我問姊姊，是吃父母恩愛長大的嗎？

「我是吃麝香葡萄長大的！」幽默感果然也會遺傳。老夫妻在鄉下種麝香葡萄。我跟他們說，在台灣，麝香葡萄是很貴的水果，我很偶爾才會吃一次。從此，三不五時都會收到一大堆，沒有誇張，每次都是十串起跳，吃到我早上起床還會覺得臉綠綠的。

前陣子，畫廊咖啡店無公告地休息好久。終於營業的那天，我們去找姊姊聊天，她說爸爸因為摔倒而昏迷，後來又因不明原因感染肺炎，前陣子拔管離開了。她店休一個月，回家幫忙處理喪事，也陪媽媽度過這段時間。跟全家討論很久後，決定把葡萄園賣掉，畢竟剩下媽媽一個人，難以負荷所有的工作。

「什麼意思？」我們嚇到，因為前幾天才收到葡萄。

姊姊聽到也很驚訝，回到家後，我拍了葡萄照片給她看，就像是資深珠寶鑑定師一樣，她很果斷地回覆：「這不是我們家種的，應該是我媽去買的。」

姊姊又思考了一下後，跟我們說：「就先這樣吧，不要跟她說。她這陣子失去的東西太多了……你們每次傳訊息給她，她都很開心！」

「那年如果我留下，是不是會不一樣？」

她的名字是Vivian，我們是因為前男友認識的。她剛從美國回來，居無定所時，住在房源一將近半年的時間。外型健康、個性也超級有趣，同居的我們，就這樣變成了好朋友。從小在美國出生長大、提倡女性主義的她，回到韓國後難以融入，每一天心都很累。

記得有一次我們去麥當勞，排在我們前面的是一對高中生情侶，男生發狂似地一直吼女友：「我不是講了！我要什麼妳都記不住嗎？是白痴嗎？妳有腦子嗎？」伴隨著連串髒話，還無數次用力推女生的頭。女生只是低著頭一直哭、一直道歉，站在櫃檯前面，努力地試圖想起男友要吃什麼。

我在心裡替自己找了一堆不去幫忙的藉口：我的韓文這麼爛，是能怎樣！會有人幫她的吧？而且如果他打我，我不是更倒霉？一邊期待周遭的男性或櫃檯裡的店員伸出援手。

沒想到，率先出聲的，是站在我旁邊的她。她大聲地喝斥那個男學生，同時拿出手機蒐證。男生一臉理直氣壯，憤怒地回嘴，但韓文都不好的我們實在是聽不懂，只能看著女學生一直哭、一直道歉，又一邊拜託男友帶她離開麥當勞。

「我會去報警！」她在男學生離開前大吼。

等她找到正式工作後，就搬走了，我們也從從室友，變成週末的飯友。

永遠都不會忘記，那天是週五晚上，我跟當時的男友吃飯到一半，他接起電話，「有，她在我對面。」

「妳這幾天有看到Vivian嗎？」男友問我。原來是Vivian的男友打來，他已經三天聯絡不上她。

原本就活得自由自在的她，偶爾會去山上或海邊享受獨處的時光，也常已讀我，或不接電話。所以，我並沒有放在心上，「她過幾天就回來了吧！」

但她男友還是很不放心，堅持去報警。我沒有參與，但事後才被告知她已經曠職五天，公司也沒通報，非常不尋常。

警察傳喚了Vivian的男友、同事、鄰居問話，大家都表示沒有異狀，當中最被懷疑的，就是她男友：你女友消失三天，怎麼會現在才報警？儘管他向警察說明了女友的個性與行事風格，但依舊沒有打消警方的疑心，經常出入警局。一直到他們調了Vivian的出入境紀錄，才發現，原來她已經出境。

她男友趕緊聯繫了她的家人，發現她回美國後居然也沒回家，但由於不想讓她父母擔心，Vivian男友並沒有跟他們說細節，只是簡單地問候一下。

Vivian就這樣消失了一整年。這段時間，她男友每天都會傳訊息給她，從一開始崩潰地問「到底想怎樣」，到後來，只是跟她分享日常：他今天吃了什麼、首爾下雪了、一起養的狗原來很喜歡吃羊肉、他今天跟我們吃飯了，我們都很想她……

女兒失蹤的事，最終還是被Vivian父母知道了。他們來了一趟首爾，想要親耳聽聽到底發生什麼事，但因為人已經出境，她又是美國籍，韓國警方無能為力。

雙親都有工作在身，停留幾天就必須回美國，Vivian的男友送父母去機場時，她爸爸告訴他：「不管發生什麼事，我現在只希望能再見她一面！」

當晚，跟她男友見面時，他突然問：「你們覺得，她爸爸是在懷疑我嗎？」

我們愣了一下。不敢說自己從來沒有想過，這一年來也私下討論很多次，一到十分的可能性，甚至選過八分。我無法說謊而答不出來，只能看著他，而坐我隔壁的同行友人，則給了一個耐人尋味的答案：「需要嗎？不會吧！」

從一開始的懷疑到信任，現在又進入懷疑。為什麼女友消失超過七十二小時，錯過黃金救援時間，他才找人？問到兩人最後一次見面的時間時，也總是很含糊地帶過。朋友之間眾說紛紜，也開始與他保持距離。

時間過得很快，當大家開始回到正常生活軌道上時，消失超過一年的她，突然在社群媒體上引爆了核彈：

「我一直以為自己是一個勇敢的人，在看到新聞時，總是不理解那些受害者為什麼不能反擊、為什麼選擇隱匿。

二〇一八年八月二十七號，我跟主管去跑業務，路上他告訴我，他很喜歡我，我很聰明、很幽默、也很性感，想要跟我進一步發展。我拒絕了他，他說他可以理解，也希望我不要檢舉他。我不是怕事的人，當下只是覺得，一個人表達了自己的心意、一個人拒絕，這是正常不過的事，不需要大驚小怪！

事發那週，我們一起去拜訪客戶。在途中，他建議找一個旅館休息，我拒絕了。他立刻將車子停在路邊，試圖脫掉我的針織衫與褲子，且用手撫摸過我全身。我極力反抗，他用雙手掐住我的脖子，告訴我，如果我不接受他，就會在這殺了我！

那天，就在產業道路上，我被性侵了。事後，他因為自己的衝動跟我道歉，並把我載到附近的巴士站，讓我獨自坐車回首爾，因為他要想想後續要怎麼處理。當下的我太害怕，脫離了他的視線範圍，確定自己安全後，在往首爾的巴士上，我決定不告而別。」

文章裡提到，當時她站在警局，連「性侵」兩個字都說不出口，只能選擇逃避……文末，也告訴我們，「我每天都在進步，進行自我療傷與心理治療，等準備好，就會回到你們身邊。我愛你們。」

發文後隔幾週，男友透過訊息得知，她回到了洛杉磯的父母家。我們選擇先不打擾，讓她獨自消化，像她說的，等她準備好之後，就會回到我們身邊。

再得到她的相關訊息時，是兩天後，一個再平凡不過的週一中午，她在家做出了極端選擇，離開了世界。

「在離開前，我要再回來看看你們，再吃一次媽媽煮的飯，看一下自己的家。抱歉！我總是不聽話，那年你們希望我留在美國工作，如果我留下，是不是會不一樣？……謝謝你們給的一切，當你們的女兒真的很幸福。我知道你們一定會很難過，但難過一下下就好……我真的努力過了。」

獨角獸給我的力量

某年夏天，一對瑞典夫妻跟他們的女兒Cecilia申請入住。因為那間民宿只有一間雙人房，我一開始拒絕了他們，但後來媽媽又寫了信來，說很喜歡那個房源的露台，自己會帶著女兒入住，爸爸則可以入住附近另一個房源。

他們一家三口抵達的那天，我們約在地鐵站見面。遠遠地就能看見，金髮碧眼的夫妻帶著一個亞洲小女孩，一家人膚色都很健康！夫妻很熱情，因為在亞洲旅行的關係，行李有點多。

我們彼此問候，聊著一些天氣、交通等等的家常話題時，「Hello! I'm Cecilia!」視線下方傳來了甜甜的奶音。她戴著黃藍框的太陽眼鏡，毫不害臊地舉起右手跟我打招呼，媽媽在旁邊笑著說：「她說戴這個眼鏡出門，大家就知道她是瑞典來的了。」

我們一路往房源前進，Cecilia自己背著水壺、右肩有一個可愛的亮膠小包，左肩則是看起來很重的後背包，因為她的姿勢有點彆扭，我伸手想要幫忙，才發現她左手只剩下無名指、半截中指與半截大拇指。

試圖偷偷從包包下緣托起這個沉重的壞東西，無奈高度的落差，讓我的腰不允許我用這個姿勢持續走一百公尺。媽媽發現我怪異的姿勢後，看著我大聲說：「沒關係，她很棒！她什麼都會自己做。」

「這個很輕！我可以！」Cecilia也大聲回應。

爬上了三樓的房源後，她還跑下樓去幫忙爸爸，父女一拉一拖，扛完所有的行李。進到室內，Cecilia俐落地打開魔鬼氈，很開心地用右手拍拍我，拉著我的手問：「露台在哪？」這時，我才發現，她的太陽眼鏡後，原來少了一隻眼睛。

回想當下的自己，似乎有點不成熟，試圖鎮定地看向別處，隱藏不知道要說什麼的尷尬心情。也可能是從小就被教育「盯著身障人士不禮貌」，總之，我挪開了自己的視線。

「沒關係，妳可以看著我，我生出來就是這樣。」她搖了一下我的手，用超齡的平穩語氣，說出這句足以讓我的心臟突然漏跳一拍的話。

我牽著她，帶她穿越前往露台的樓梯，她興奮又開心，嘰嘰喳喳說個不停，但我卻一個字也聽不進去，只是看著她努力爬樓梯的背影。在露台上，她問我可以擺一個充氣泳池嗎？因為她很喜歡游泳！前幾年有個孩童游泳教練來這邊開課，導致水費暴漲，後來我們在房源規則裡寫下「禁止游泳、禁止商業用途」，但現在我只想馬上奔到大超市買一個充氣泳池給她（順便看看有沒有淨水器）。

「我有帶泳池來，但我媽媽要我先問問看。不行也沒關係！我們在曼谷已經游很多了！」

Cecilia先天有很嚴重的糖尿病和心律不整，不滿一歲時又被發現有腎臟病，導致她出生沒多久，就因為高額的醫藥費，而被原生父母遺棄。這對瑞典夫妻透過國際組織領養她的時候，她才剛滿一歲。他們夫妻年輕時在國際救援組織認識，成為情侶後依舊過著遊牧生活。準備返回瑞典開啟人生下一個篇章時，兩個人討論到共組家庭這件事，「其實領養孩子，我們都沒有猶豫過！反而是要不要結婚，真的讓我們考慮很久。」「瑞典人是不結婚的！」爸爸補充說明。

把Cecilia接到瑞典後，才發現她的健康狀態比預期的糟糕很多，除了原本的症狀外，還有兩種寄生蟲、皮膚病與氣喘，不到一個月，嚴重的糖尿病就讓她失去了一隻眼睛。「我們很幸運，生在一個有資格幫助別人的國家，瑞典的醫療系統與社會福利，讓Cecilia可以度過領養她以來最艱難的階段。」

在我們講話的過程中，Cecilia從行李裡挖出自己的駝色泳池，坐在地上吹氣。爸爸想要幫忙，但被她拒絕，無奈功能不完整的肺部很不爭氣，吹不到兩分鐘，她又拿來給爸爸幫忙完成。我跟媽媽繼續聊天時，爸爸帶著她到露台準備玩水。上樓前，爸爸從行李箱裡拿出了折疊水桶，「IKEA!」我太驚訝了！但我驚訝的點是，帶水桶旅行？

Cecilia的身體狀況不允許她在加消毒水的泳池游泳，有一次去玩水時嗆到水，導致原本就功能吃緊的肺部急遽惡化，高燒不退，在醫院住了兩週。但游泳是她最喜歡，也最容易的運動！所以，不管到哪裡旅行，甚至只是用餐，他們都會帶著泳池與水桶。由於露台的水龍頭在有人私接課程後就拔掉了，爸爸只能來回樓梯十幾趟，用自來水填滿女兒的期待。

在他們入住的一個半月中，我偶爾會帶他們去吃韓式料理。Cecilia最喜歡的是海鮮刀切麵，因為吃完之後可以把貝殼帶回家。雖然我搶先一步，在她拿起扁筷前向店家拿了兒童叉子，她依舊堅持試試看扁筷，失敗後，也只是望向隔壁桌的大孩子，悠悠自嘲：「我可能要再大個幾歲！」

一起去喝咖啡時，我們坐在露天座位。那一小時裡，我一直看著她如何輕鬆消化外界驚訝的眼光。來回經過的路人，用眼神說出了內心的疑惑，就像我第一次看到她時，不敢對視、但又想一探究竟的心情一樣。孩子毫不猶豫伸手指著Cecilia，一旁的母親則抱歉地拖著他離開，孩子不甘心地回頭，一直持續到Cecilia朝他揮手打招呼，他才倉皇別過頭，繼續往前走。

陪伴Cecilia時，夫妻給的是滿滿的愛與幽默感，這也變成她面對世界的力量。在我們相處的時間裡，Cecilia會嘗試去做所有事，會失敗、也會受挫，但她總是用笑容取代鬧脾氣。

他們離開的前一天，約了我一起吃飯，為了感謝我陪伴他們，煮了IKEA全餐。爸爸說：「下一次妳來瑞典找我們，就會知道……這是真的瑞典菜！」

那天，我也跟Cecilia約定，下一次要來台灣玩，而且希望很快很快！因為我會太想她。她說，那她跟聖誕老人許願，但是我也要一起許，才會真的很快！

Cecilia從行李箱上撕下珍貴的獨角獸貼紙給我，「我媽說，我是獨角獸，會跑也可以飛，長得不一樣，可是很漂亮！」鼻腔酸度直奔無籽檸檬，但不想砸了這樣的歡樂，畢竟她才剛表演過唱瑞典國歌。

我收好她的貼紙，把它貼在筆記本上。隔天一早，他們一家就離開了。

那年冬天，等到的不是Cecilia，而是Covid。我們維持斷斷續續的聯繫，有一天，我看到筆記本上的獨角獸，突然想問候他們，於是開啟了媽媽的社群帳號，發現最新的一則貼文是幾個月前，內容則是Cecilia的回顧。

是旅遊回顧吧？還是疫情間的居家回顧？這對父母好奇怪唷，誰會這樣回顧小孩？雖然心裡不安，但那對父母總是很隨性，行動也肯定出奇不意吧！

因為內容是瑞典文，我按了翻譯，譯文卻不是我想要的，也不是我能接受的！我開啟電腦，把這段瑞典文翻成中文，又翻成英文，再用英文翻成中文，「翻譯好破爛！」不是我不想接受，但有時候翻譯軟體真的很爛。

後來，我還是鼓起勇氣，私訊了媽媽，得知Cecilia因為染上Covid，原本就不完整的身體，選擇無限期罷工，六歲的她，離開了這個世界。

在首爾經營民宿已邁向第七年，每次要換筆記本時，都會小心地撕下那張獨角獸貼紙。這不只是Cecilia的愛，也是我的鎮定劑，即使面對怪奇房客，也要記得保持樂觀幽默！

梨泰院樹洞旅社

作　　者　曾元雍 Summer

責任編輯　杜芳琪 Sana Tu
責任行銷　曾俞儒 Angela Tseng
封面裝幀　之一設計
版面構成　黃靖芳 Jing Huang
校　　對　楊玲宜 Erin Yang

發 行 人　林隆奮 Frank Lin
社　　長　蘇國林 Green Su

總 編 輯　葉怡慧 Carol Yeh
主　　編　鄭世佳 Josephine Cheng
行銷經理　朱韻淑 Vina Ju
業務處長　吳宗庭 Tim Wu
業務專員　鍾依娟 Irina Chung
業務秘書　陳曉琪 Angel Chen
　　　　　莊皓雯 Gia Chuang

發行公司　悅知文化　精誠資訊股份有限公司
地　　址　105台北市松山區復興北路99號12樓
專　　線　(02) 2719-8811
傳　　真　(02) 2719-7980
網　　址　http://www.delightpress.com.tw
客服信箱　cs@delightpress.com.tw
I S B N　978-626-7537-84-8
建議售價　新台幣380元
首版一刷　2025年4月

國家圖書館出版品預行編目資料

梨泰院樹洞旅社／曾元雍（(Summer）作.
-- 首版. -- 臺北市：悅知文化精誠資訊股份有限公司，2025.04
292面；14.8×21公分
ISBN 978-626-7537-84-8（平裝）

862.6　　114002812

建議分類｜華文創作

悅知文化
Delight Press

線上讀者問卷 TAKE OUR ONLINE READER SURVEY

即使面對怪奇房客，
也要記得
保持樂觀幽默！

——————《梨泰院樹洞旅社》

請拿出手機掃描以下QRcode或輸入
以下網址，即可連結讀者問卷。
關於這本書的任何閱讀心得或建議，
歡迎與我們分享 ◡̈

https://bit.ly/3ioQ55B